墓守りのレオ

石川宏千花
Hirochika Ishikawa

小学館

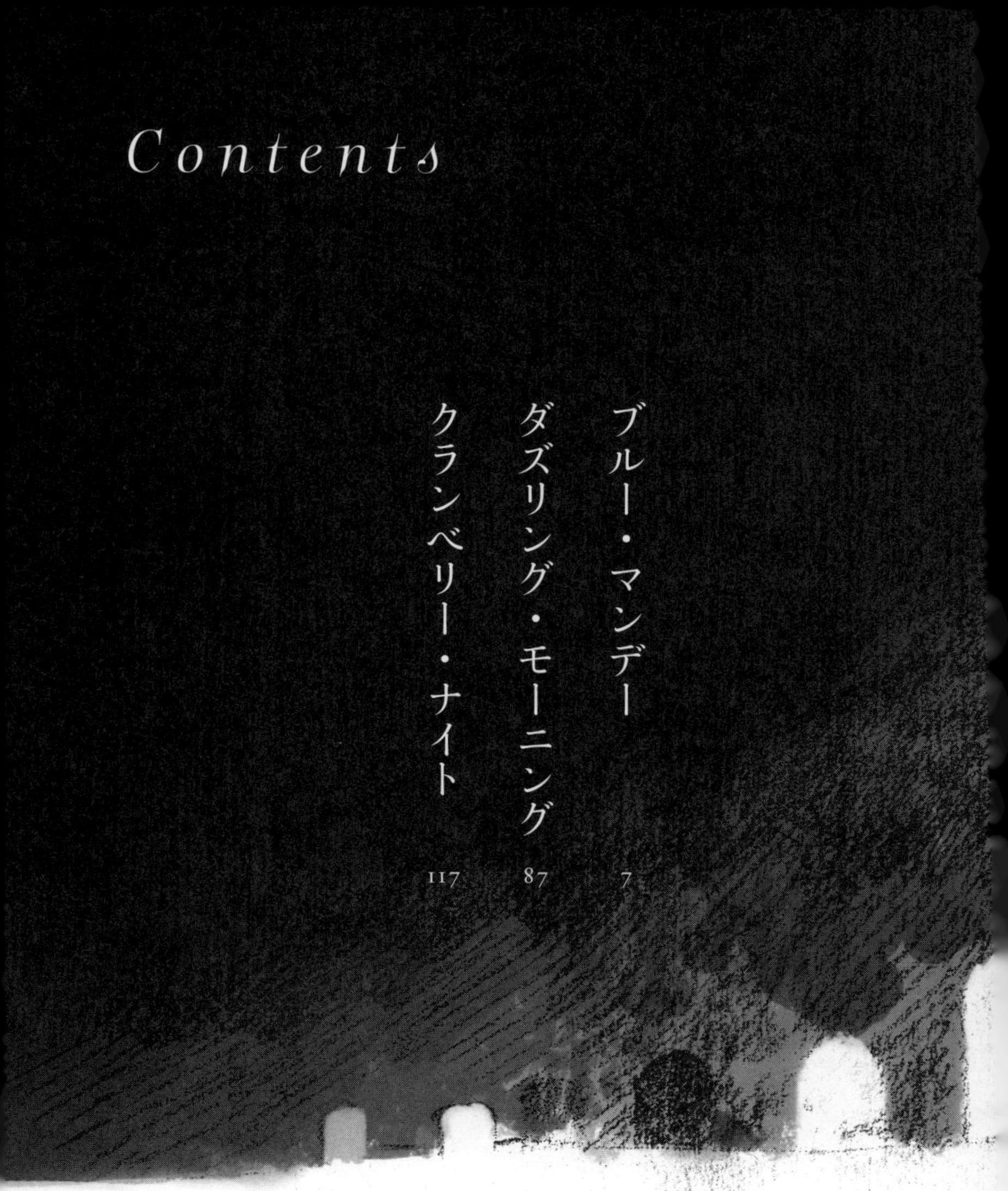

Contents

Bookdesign albireo
Illustration Matayoshi

群青色《ぐんじょういろ》の空に、月はなかった。

星もわずかにまたたくばかりで、雲も見えない暗い空が、どこまでも広がっている。

暗がりの中、ランタンの火が、ぽっと灯《とも》った。

ランタンを手にしているのは、いまにも闇夜《やみよ》にとけ出しそうな髪《かみ》の色をした少年だ。

かたわらには、立派《りっぱ》な毛並《けな》みの大型犬が寄《よ》りそっている。

少年が、ゆっくりと歩き出す。

ここは、墓地《ぼち》――。

辺りはひっそりと静まり返っている。聞こえてくるのは風の音と、夜行性《やこうせい》の鳥たちの鳴き声だけだ。街の明かりも遠い。

墓地は、広大な緑地の一角にある。マロニエの林にかこまれた、古くからある墓地だ。

いきあたりは断崖《だんがい》になっていて、その崖《がけ》の上からは、街の中心を見下ろすことができる。

崖の上に、少年が立った。

建設途中《とちゅう》の建物が、黒々とした落とし穴《あな》のようになっているのが見える。はやらなくなった雑貨店《ざっかてん》の代わりに、映画館《えいがかん》が建てられることになったのだ。車も、特別な人たちだけのものではなくなりつつある。だから、道はばも広くなった。この国ではいま、新しい時代が生まれようとしている。

崖の上に、ことさら強い風《ふ》が吹いた。

星の少ない闇夜によく似《に》た色の髪が乱《みだ》されて、髪と同じ色の瞳《ひとみ》を見えかくれさせている。

その目はなにもおそれてはいない。

墓地も、死者も、暗い夜も。

しばらくすると少年は、かたわらの〈相棒《あいぼう》〉に、いこう、と目線だけで告げ、崖下のながめに背中《せなか》を向けて歩き出した。

ランタンの火が、少年の瞳の中でゆらゆらとゆれている。

少年は、なにもおそれていない。

真夜中の墓地を、ただひとり、ひょうひょうと進んでいく。

ブルー・マンデー

1

すれちがったとき、不思議なにおいがした。
お花のにおい？
ちがう。
もっと甘《あま》い、ヴァニラのようなにおい。
わたしはふりかえって、彼《かれ》を見た。
十一歳《さい》になったばかりのわたしより、もう少しだけ歳《とし》が上に見えた、その横顔。
彼も、わたしをふりかえっていた。
目が合う。
「あ……」
びっくりして、思わず声が出てしまった。
瞳《ひとみ》が黒い。

肌《はだ》は白いのに、髪《かみ》の色も黒だ。

東のほうにある国の人たちは、瞳も髪の色も黒いと聞いたことがある。

実際に目にしたのは、はじめてだった。

わたしが見慣《みな》れている瞳の色は、青や緑、薄《うす》い茶色、淡《あわ》いグレー。そんなわたしの目に、彼の瞳の色はひどく不吉《ふきつ》なものに映《うつ》った。

黒い瞳が、じっとわたしの顔を見ている。

目じりが少しだけ上がった、形のいい目だった。白目がすきとおっていて、ぬれたように光っている。黒目の中にも、真珠《しんじゅ》に似《に》た小さな輝《かがや》きがあって、まるで装飾品《そうしょくひん》のようだ、と思う。

そんな瞳にじっと見つめられて、どうしていいかわからなくなってしまったわたしは、足もとに視線《しせん》を落とした。

石畳《いしだたみ》の路上は、うっすらとぬれている。きのうの夜の雨が、まだ乾《かわ》いていない。

「寒くない？　そんなかっこうで」

黒い瞳の彼が、少しかすれているように聞こえる声で、話しかけてきた。

彼に言われてはじめて、わたしは自分が半そでのワンピースを着ていることを思い出した。

ブルー・マンデー

いまはもう、十一月。

赤いレンガの通りをいきかう人たちは、あたたかそうなえり巻《ま》きにあご先までうまっている。

目の前にいる彼も、白いえりつきのシャツを着て、丈《たけ》の長い濃《こ》いグレーの上着をはおっている。黒いズボンの長さはくるぶしまでしかないけれど、くるぶしから下は、赤茶色の編《あ》み上げブーツにおおわれていた。首にはちゃんとえり巻きもつけている。

わたしのような、季節はずれのかっこうはしていなかった。

わたしは、もじもじしながら答える。

「……ママが、冬服を出してくれないの」

そう。

最近のママは、いつもぼーっとキッチンの椅子《いす》に座《すわ》ってばかりいる。

わたしが話しかけても、上の空。

上着を出してほしいのってたのんでも、もうそんな季節なのねってぼんやりつぶやくだけ。

だから、わたしはいまも夏服のままでいる。

「よかったら、これ」

そう言いながら、黒い瞳の彼は、自分の首に巻いていたえり巻きをほどいた。とてもすてきな青いえり巻きだ。

彼のえり巻きがさし出されてくるのを見て、わたしは小さく首をかしげた。

言葉が理解《りかい》できなかったわけじゃない。彼は、この国の言葉を流暢《りゅうちょう》に話している。

わからなかったのは、どうして彼が自分のえり巻きをわたしにさし出したんだろうってこと。

少し遅《おく》れて、理解した。

彼は、寒そうなかっこうをしたわたしに、簡単《かんたん》に暖《だん》を取れるえり巻きを貸《か》してくれようとしてるんだって。

わたしは、あわてて首を横にふった。

彼は、ふ、と息をぬくようにして、軽く笑った。長めの前髪が、黒い瞳の上に少しだけかぶさっている。形のいいその目の奥《おく》に、やんわりとしたあきらめのようなものが、ほんの一瞬《いっしゅん》、映し出されたような気がした。

そんなのはわたしのただの思いこみで、彼はただ、わかったよ、というつもりでほほえんだだけだったのかもしれない。

だけど、わたしは彼のその表情《ひょうじょう》を目にしたとたん、はっとなった。

わたしの態度《たいど》が、彼を傷《きず》つけてしまったのかもしれない、と思ったからだ。

この国の大人たちは、瞳や肌の色がちがう異国《いこく》の人たちをきらう。わたしのママも、パパも、おじいちゃんも、おばあちゃんも、みんなそうだ。

だからわたしも、瞳や肌の色がちがう国の人たちはいやな人たちなんだろうって思っていた。会って話したこともないのに、ずっとそう思っていた。

いま、目の前にいる黒い瞳の彼。

ちっともいやな人だなんて思えない。

目じりがきゅっと上がった横長の目に、にごりやよどみはいっさいないし、髪や瞳の色の濃さに比《くら》べて、すごく薄い色をしたくちびるは、口汚《くちぎたな》いののしりや、世を呪《のろ》う言葉とはまるで無縁《むえん》なように見える。

なにより彼は、十一月だというのに夏服で外を歩いているわたしに、わざわざ自分のえり巻きを貸してくれようとした。

彼をきらう理由が、わたしにはない。

わたしが彼のえり巻きを受け取らなかったのは、彼の首もとをあたためているものがなくなってしまうのがいやだっただけ。

果たして彼に、わたしのそんな気持ちはちゃんと伝わっていたのかどうか――。

「わたし、エミリアっていうの」

わたしはあなたをきらっていない。

そう伝える代わりに、自己紹介《じこしょうかい》をした。

「あなたの名前は？」

黒い瞳の彼は、わたしの目をじっと見つめながら、やっぱり少しかすれたように聞こえる声で、言った。

「レオ」

――レオ。

それが、彼の名前。

なんだかうれしくなって、わたしは彼の名前を口に出して呼《よ》んでみた。

「……レオ」

名前を教えてもらえてうれしかった。

その名前を、こうして声に出して呼べるのがうれしかった。

彼は、特別な男の子。

理由なんてわからないけれど、そんな気がした。

なに？　というように、彼の黒い瞳がわたしを見る。

「ううん、呼んでみただけ」

「そう」

それが、わたしとレオの出会い。

とても寒い、十一月のある月曜日の午後のことだった。


ささやくような声で、ただいま、と言いながら、わたしは家へと帰る。

ママはきょうも、返事をしてくれない。うつろな目で、キッチンの椅子に座りつづけている。そっとため息をついて、わたしは自分の部屋へと向かった。

きれいに整えられたベッドの上に、ぽすん、と腰《こし》をおろす。

いったいママは、どうしてしまったんだろう。

わたしのことがきらいになってしまったのかしら……。

パパとはもう、ずっと会っていなかった。

その理由を、ママはわたしに話そうとはしない。たとえわたしが教えてほしいとせがんでも、パパは遠いところにお仕事にいっているのよ、とでも言って本当のことをかくすのだと思う。きっとパパは、わたしとママを捨《す》てて、新しい生活をはじめているのだろうから。

そうでなければ、手紙のひとつも届《とど》かないのはおかしいもの。

銀行にお勤《つと》めしていたパパは、この街ではまだものめずらしかった車を、近所のだれよりも早く買った。

きっとあの淡いグリーンの大きな車で、わたしもママも知らない新しい土地へ、知らないだれかといっしょにいってしまったんだわ……。

わたしが生まれたのは、地方の小さな街。

古くからある街だけど、新しい街に変わりつつある。

毎月のように新しい住宅《じゅうたく》の工事がはじまっているし、街の中心にも商業用の建物がどんどん建てられていて、舗装《ほそう》され直した道だって増《ふ》えつづけているのだけれど、街そのものは、小さい。

この国ではいま、わたしたちの街のように、たくさんの街が新しく生まれ変わろうとしている。

先生は、時代が変わろうとしているのよ、と言っていた。時代が変わる、ということがどういうことなのか、わたしにはまだよくわからないのだけれど、なにかが変わりつつあることだけは、なんとなく感じていた。

ブルー・マンデー

この国は、広い。

いくらでも新しい土地がある。

どこにだって新しい出会いがある。

大きな戦争のあと、この国は急に豊《ゆた》かになって、豊かになった分、なにかがおかしくなったって、おじいちゃんがよく言っていた。

そうね。

あの淡いグリーンの大きな車さえ持っていなければ、パパはいまも、このおうちにいたかもしれないものね……。

わたしは、ベッドから立ち上がって窓辺《まどべ》へと向かった。

わたしの部屋の窓からは、《慈愛《じあい》と慰《なぐさ》めの丘《おか》》が見える。

《慈愛と慰めの丘》は、この街に古くからある墓地《ぼち》だ。《慈愛と慰めの丘》のいきあたりは切り立った崖《がけ》になっていて、その下の谷底のような場所には、貧《まず》しい人たちが寄《よ》り集まって暮《く》らしている集落がある。

崖下の集落には、《慈愛と慰めの丘》の裏手《うらて》から降《お》りられるようになっている。街の中心にいくなら、《慈愛と慰めの丘》を横切っていくのがいちばんの近道なのだけど、新しい住宅街の子どもたちは、決してその近道は使わない。崖下の集落に、近寄《ちかよ》りたくないからだ。

大人たちは口々に、あそこにいるのは育ちの悪い子どもたちばかりだ、なにをされるかわからない、と言う。だから、わたしたちは崖下の集落には近づかない。

ふいに、レオのことを思い出した。

崖下の集落で暮らしているのは、働くためにこの国にやってきた人たちばかりだ。もしかするとレオも、その集落で暮らしているのかもしれない。

先週の月曜日、とても寒い午後に出会って、すぐに別れてしまったレオ。

わたしたちは名前を教え合っただけで、おたがい、それ以上の情報《じょうほう》を知りたがろうとはしなかった。

どこに住んでいるのか。

また会う約束はできないのか。

なにも聞かなかったことを、あとになってひどく後悔《こうかい》した。

もう一度、レオに会いたい。

レオといっしょにいたとき、わたしはとても安心していた。

いつも感じているさみしい気持ちも、心細い思いも、レオのそばでは思い出さなかった。

不思議なレオ。

白い肌、黒い髪と黒い瞳の男の子。

会いたい。

どこにいけば会えるのかしら……。

2

パパが残していった荷物の中から、わたしは青い野球帽《やきゅうぼう》を見つけ出した。

わたしの頭には大きすぎるけれど、ブロンドの長い髪をすっぽりしまいこんでかぶるには、ちょうどいい。

わたしは、そでの短い夏もののワンピースに青い野球帽をかぶって、いままで足を向けようとしたこともなかった場所に向かっていた。

わたしたちが暮らしている住宅街の子どもたちは、決して近づかない場所。

あの《慈愛と慰めの丘》の裏手にある、崖下の集落だ。

あんなところにいったら、なにをされるかわからない——。

大人たちが口癖《くちぐせ》のように唱えつづけている言葉が、ふいに耳によみがえってくる。

少しでも冷静になってしまったら、とたんに体が動かなくなりそうだった。だって、だれになにをされるかわからないような場所なのだ。そんな場所をたったひとりで訪《おとず》れるだなんて……。

それでも、わたしは足を前に進めた。

崖下の集落に、レオがいるとは限《かぎ》らない。

裕福《ゆうふく》な暮らしをしている、異国の文化を持つ人たちだってこの国にはいるのだから。もしほかに、レオをさがす手がかりがあるのなら、わたしだってこんなむちゃはしたくない。だけど、いまのわたしがレオのいる場所として思いつくのは、あの崖下の集落だけなのだ。

どうしても、もう一度レオに会いたかった。

会って、教えてもらいたかった。

どうしてわたしは、レオのそばにいたときだけ、さみしさも、心細さも忘《わす》れていられたの？　って。

その答えを、レオなら知っているような気がする。

まっすぐにつっきれば近道になる《慈愛と慰めの丘》は通らず、三十分ほどかけて街の中心に入ったわたしはとうとう、一度も足を踏《ふ》み入れたことのないその集落の入り口に立った。

崩《くず》れかけた看板《かんばん》のかかった細い路地が、それだ。

青い野球帽を深くかぶり直してから、路地へと足を進める。

雨が降ったわけでもないのに、うっすらとぬれている石畳の道。その道のすみに、ときおりネズミがあらわれては、すぐにどこかへ消えていく。

路地をぬけるまで、わたしはだれともすれちがわなかった。

角を曲がる。

あっ、と思った。

ここは、どこ？

一瞬、魔法《まほう》にかかって異世界《いせかい》に飛ばされてしまったのかと思った。

路地の先に広がっていたのは、わたしがふだん見慣れている街の風景とは、まるで様子のちがったながめだったからだ。

色とりどりな看板の文字が、まず読めない。吸《す》いこむ空気のにおいもちがう。店先にあふれんばかりにならべられた商品は見たことのないものばかりだし、いきかう人たちの髪や瞳の色は、一様に暗い。

聞こえてくる言葉も、まるで理解できなかった。不思議な音色の音楽がそこかしこに流れているけれど、いったいどんな楽器で奏《かな》でられているのか想像《そうぞう》することもできない。

わたしのような、ブロンドヘアに青い瞳の人間はひとりも見当たらないことに気がついた瞬間《しゅんかん》、背中《せなか》がぞくりとなった。

もし、いまかぶっているこの青い野球帽が風に飛ばされてしまったらどうしよう。

たったひとりまぎれこんだわたしこそ、いまいるこの場所では異国の人間になってしまう。この国の大人たちが、異国の文化を持つ人たちに向けているさげすみや嫌悪《けんお》の目が、いっせいにわたしに注がれることになるにちがいない。

わたしは急にこわくなって、足がすくんでしまった。

前に進もうとするのだけど、うまく足を動かすことができない。

そんなわたしの背中を、だれかの肩《かた》が強くはじいていった。

「〇〇〇!」

なにかどなられたけれど、なんと言ったのかはわからない。

たぶん、じゃまだ、とか、どけ、とか、そんなようなことを言われたのだとは思う。

あわてて道のはしのほうに避《よ》けようとしたとたん、わたしは足をからませてしまった。

気がついたときには、道の真ん中にたおれこんでいた。

目の前には、裏返《うらがえ》しに落ちた青い野球帽――。

早くかぶり直さなくちゃ、とあわてて手をのばす。

「あっ……」

あと少しで指先が触《ふ》れそうになっていた青い野球帽が、上からのびてきた手に、さっ、とさらわれていってしまう。

顔を上げると、黒い髪、黒い瞳の男の子が、にやにやしながらわたしのことを見下ろしていた。

「〇〇〇、〇〇〇〇、〇〇！」

なにか言っている。

わたしには、まるで意味がわからない。

レオと同じ黒い髪に、黒い瞳。

それなのに、レオに感じたような親しみは少しも感じない。赤味の強いくちびるのはしを持ち上げて笑っているその顔は、ひどく意地悪そうに見えて、わたしはすぐに目をそらしてしまった。

意地悪な笑い方をしていたその男の子が、突然《とつぜん》、青い野球帽を失ってさらけ出されたわたしの長いブロンドの髪をつかんだ。

つかむどころか、強く引っぱって、わたしを強引に立たせようとしている。

わたしはめちゃくちゃに頭をふって、その手から逃《のが》れようとした。

「〇〇！　〇〇〇、〇〇〇〇！」

ものすごい剣幕《けんまく》で、なにかどなられた。

こわい。痛《いた》い。くやしい。なさけない。

いろんな気持ちがいっせいに押《お》しよせてきて、わたしは、自分でもびっくりするような声を上げて、泣きさけんだ。

「離《はな》して！　わたしにさわらないで！　さわらないでーっ」

心臓《しんぞう》が、ぼこぼこと形を変えながら暴《あば》れているような気がした。

全身の血が沸騰《ふっとう》して、いまにも毛穴《けあな》から噴《ふ》き出してくるんじゃないかと思うほど、体の内側が熱い。

暴力《ぼうりょく》への絶対的な抵抗感《ていこうかん》に、わたしの体は支配されていた。

近くを通っている人はたくさんいるのに、だれもわたしのためには足を止めてくれない。

こんなに泣きさけんでいるのに、だれひとり、わたしの髪を引っぱっている男の子を引き離そうとはしてくれないのだ。

目の覚めない悪夢《あくむ》のような絶望《ぜつぼう》が、わたしから泣きさけぶ力すら奪《うば》っていこうとしていたそのとき、

「○○○！　○○○○○○！」

わたしの髪を引っぱっていた男の子に向かって、甘みのあるはりつめた声がなにかをまくしたてた。

はっとして、肩越《かたご》しにうしろをふりかえる。前髪の長いショートヘアの女の子が、仁王立《におうだ》ちして、男の子をにらみつけていた。

真っ黒な前髪が、真っ黒な瞳の片方を、ななめにかくしている。あごがとても小さくて、小動物のような印象を受ける顔立ちだ。

白いえりをのぞかせた紺色《こんいろ》のニットが、よく似合《にあ》っている。

「○○○○○○？　○○○○！　○○！」

さらに女の子がなにかを言うと、わたしの髪を引っぱっていた力が、急に弱くなった。そのすきに、よろめきながらも立ち上がる。わたしは女の子のもとへと走った。

女の子は両手を大きく広げて、わたしをその背中のうしろにかばうようにしてくれる。

「○○○○！」

よりいっそう厳《きび》しい口調で投げかけられた女の子のひと言に、立ちつくしたままでいた男の子は、もうかんべんしてくれよ、というように背中を向けると、そのまま走っていってしまった。

その手には、パパの青い野球帽がにぎられたままだったけれど、呼び止める気にはならない。早くいなくなってほしかった。

男の子のうしろすがたが人ごみにまぎれて見えなくなると、目の前にあったすらりとした背中が、くるんとうしろを向いた。

「だいじょうぶ？　なぐられたりはしてないよね？」

小リスのような愛くるしさのあるその女の子は、快活《かいかつ》な口調で話しかけてきた。少しだけイントネーションにくせがあったけれど、ちゃんと聞き取れる。

「ありがとう、助けてくれて」

「いいのいいの、気にしないで。それより、あなたみたいな子が、どうしてこんなところに？」

「人を……さがしていて」

「人？　だれ？」

「あなたのようにすてきな黒い髪と黒い瞳の男の子。たぶん、わたしよりも少しだけ歳が上で、ヴァニラのにおいがして、名前は――」

「……レオ？」

「そう！　レオよ！　知ってるの？」

「知ってるよ」

「お友だちなのね？」

「友だち……なのかな。もしかすると、向こうはただの知り合いとしか思ってないかも」

とにかく、と言って、女の子が手をさし出してくる。

「会わせてあげる！　いこう」

さし出された手を、ぎゅっとにぎり返す。

こんなふうにだれかと手をつなぐのは、すごく久しぶりな気がした。自然と、顔が笑ってしまう。

「わたし、エミリア」

「わたしはフェイ。よろしく」

わたしたちは、にこっと笑い合った。

三日月のように細くなったフェイの目を見ていると、ずっとむかしから友だちだったような気がしてくる。

フェイはわたしの手をぎゅっとにぎったまま、足早に歩き出した。

きたときとは別の路地を通って、ほとんど人の往来《おうらい》のないさびれた通りに出た。右にいけば、この街の中心にもどれるはずだ。左にいくと、この街の中にぽっかりと開いたブラックホールのような場所――建設途中《とちゅう》でまだ骨組《ほねぐ》みだけの建物や、更地《さらち》の状態《じょうたい》にもどされて、工事の着手を待っている土地なんかがつらなっていて、辺り一帯、ひっそりと眠《ねむ》りこんでいる――に出る。

フェイは、左に向かった。ゆるやかに傾斜《けいしゃ》した、まだ舗装されていない道をのぼりはじめる。

「エミリアは、何歳？」

「十一歳。フェイは？」

「十二歳だよ」

「じゃあ、わたしより、ひとつお姉さんなのね」

「背は、エミリアのほうが高いけどね」

そう言って、フェイは背のびをしてみせた。それでもまだ、わたしのほうが大きい。

歩きながら、他愛《たわい》のないことをあれこれとしゃべった。人見知りなところのあるわたしでも、次から次へと話したいことが出てくる。フェイはとても気さくで、おしゃべりが上手だった。

そうだ、と思う。

フェイに、レオのことを教えてもらおう。

「ねえ、フェイ」

「なあに?」

「レオって、どういう男の子?」

フェイは、うーん、そうだなあ、とちょっと考えこんでから、「とてもオープンな子だと思う」と答えた。

「オープン?」

「くる者はこばまないし、去る者は追わない。レオの門は、いつでも開いてる。そんな感じね」

「人づきあいが上手な男の子ってこと?」

「人づきあいが上手……っていうのとはちょっとちがうかな。口数が多いわけじゃないし。うーん、レオがどういう男の子か説明するのって、案外、むずかしいなあ」

フェイは、首をすくめるような仕草をしてみせながら、とにかく、と言った。

「悪い子じゃないのはたしかね。さっきのあいつみたいに、女の子に暴力をふるうようなことは絶対《ぜったい》にしないし、お年寄《としよ》りにも、夜のお仕事をしている女の人にも、小さな子どもにも、わけへだてなくやさしいし」

レオが悪い子じゃないことは、あの目を見たときから、わかっていた。

わたしが知りたいのは、レオはどんなおうちに住んでいて、家族は何人いるのか、とか、どこの学校に通っているのか、とか、そういうことだった。

つまり、同じクラスの男の子のことがちょっと気になり出したとき、知りたい、と思うようなこと。

そういうことが、わたしは知りたいのだった。

レオのことばかり聞いてしまってもだいじょうぶかしら、とちょっとどきどきしながらも、レオに関する質問《しつもん》をさらにつづけようとしていたわたしは、ふいにまわりの景色に気を取られて、はっとなった。

この道って、と思う。

「……ねえ、フェイ」

どうかした？　というように、フェイがわたしの顔をのぞきこんでくる。

わたしはフェイの真っ黒な瞳を見返しながら、おそるおそるたずねた。

「わたしたちって、いま、どこに向かってるの？」

「レオのうちよ」

「レオの？　でも、この道は……」

「心配することない。急にたずねていったって、レオは迷惑《めいわく》に思ったりしないから」

ちがうの、フェイ。

わたしが気になったのは、急におうちをたずねていったりしたら、レオに迷惑がられるんじゃないかってことじゃなく、この道が、《慈愛と慰めの丘》に向かうものなんじゃないかってことなのよ……。

心の中ではそんなふうにフェイに訴《うった》えてみたけれど、口に出して言うのは、なんとなく気が引けた。

わたしはフェイの手をぎゅっとにぎり直すと、つれられるまま、ゆるやかにのぼっていく道を歩きつづけた。


ゆるやかな傾斜の道をのぼりきると、そこは、マロニエ林にかこまれた《慈愛と慰めの丘》の、ちょうど裏手に当たる場所だった。

広大な墓地なので、見渡《みわた》す限り、林立するマロニエの木と、芝《しば》の敷《し》かれた地面しか視《し》界《かい》には入ってこない。

公園の一角にもうけられているため、墓地のまわりの柵《さく》は低く、どこからが慰霊《いれい》の場所なのか、ぱっと見はよくわからないようになっている。

足を進めるうちに、ぽつぽつと墓石《はかいし》が増えはじめた。それぞれの墓石にそえられた花の鮮《あざ》やかさに目を奪われながら、墓地を横切っていく。

墓地を通ったほうがレオのおうちへの近道になるのかしら、だったら、うちとレオのおうちはご近所さんということ？　――そんなことを考えながら歩いていたら、フェイが急に、ぴた、と足を止めた。

「ここが、レオのうち」

ここが、と言いながらフェイが視線を向けた先には、レンガ造《づく》りのこぢんまりとした建物があった。

二階部分のない、背の低い建物だ。

「あの、フェイ……ここって」

わたしは、墓地である《慈愛と慰めの丘》のほぼ中心にあるこの建物が、レオの住まいだということにどういう意味があるのか、理解しかねていた。

不思議そうな顔をしながら、フェイがわたしの目をのぞきこんでくる。

「ノックしないの？」

わたしがまだ戸惑《とまど》ったままでいると、唐突《とうとつ》に、目の前の扉《とびら》が開いた。ヴァニラのにおいが、ふわりと流れてくる。

心臓が、どきん、とはね上がった。

「あれ、きみは……」

中から顔をのぞかせたのは、黒い髪、黒い瞳の男の子――レオだった。

はじめて会ったときと同じ、えりつきの白いシャツを着ている。上着ははおっていないけれど、くるぶし丈の黒いズボンも、赤茶色の編み上げブーツも、あの日と同じだ。

家の中にいたのだから、もちろん、青いえり巻きもしていない。むき出しの首すじは、つるりと白かった。まるで薄い光の膜《まく》をまとっているようだ。

はじめて会ったとき、十三歳くらいかしら、と思ったことを思い出す。

一度しか会ったことのない相手の突然の訪問《ほうもん》にも、たいして驚《おどろ》いた様子を見せていないレオを見ていると、見た目以上の年齢《ねんれい》なのかもしれない、と思ったりもするのだけど、つるりと白いその肌の感じは、子どもならではのものに思えた。

東のほうにある国の人たちは、大人でも子どものように見える人もいるらしいけれど、少なくとも、大人ではないはずだ。家の中にはきっと、ご両親がいるにちがいない。

思わず緊張《きんちょう》して、ごくりとのどが鳴った。

観察するようにわたしを見ていた黒い瞳が、きょろっと動く。視線をフェイに移《うつ》したようだった。

「やあ、フェイ。久《ひさ》しぶりだね」

「ええ、この街は、ずいぶん久しぶり」

ふたりの会話から、フェイがこの街の子ではないことを知った。

「ここは、あいかわらず？」

フェイが、肩越しにうしろをちらっとふりかえる。そこにあるのは、どこまでも広がる墓地の景色だ。

「なにも変わってない。あいかわらずだ」

「あなたの家族も？」

「変わりないよ」

「そう……」

フェイの顔が、くるっと真横を向いた。エミリアの目をじっと見つめて言う。

「レオをこわがらないで。だいじょうぶ。彼はあなたの味方になってくれるはずよ」

どうしてフェイが急にそんなことを言ってきたのかわからなかったけれど、きっとフェイの言うとおりだ、と思ったので、素直《すなお》にうなずいた。

「ありがとう、フェイ。案内してくれて」

「どういたしまして。じゃあ、わたしはそろそろいくね」

「えっ？　いってしまうの？」

てっきりフェイもいっしょに、お茶でもしていくのだろうと思っていた。

「わたしは、エミリアをここに案内しにきただけだもの」

「おうちに帰るの？」

「いいえ。旅にもどるわ」

「旅に？」

「わたし、旅の途中なの」

「旅の……途中」

まだ子どもなのに、たったひとりで旅行だなんて、と驚く一方で、たしかにフェイには、独特のたくましさのようなものを感じていたので、ああ、そうだったのね、と納得《なっとく》する気持ちもあった。

「じゃあね、エミリア。会えてうれしかった」

そう言ってフェイはいきおいよくわたしたちに背中を向けると、軽やかに歩き出した。そうして歩き出してから、くるっとうしろを向く。

「またね、レオ！」

フェイは何歩かうしろ向きに歩きながら、レオにだけ再会の約束をすると、ふたたび背中を向けていってしまった。

自分には、またね、とは言ってくれなかったのに、と思ったら、ひどくさみしい気持ちになった。

しょんぼりとフェイのうしろすがたを見送っていると、開いたままの扉の向こうから、レオが声をかけてきた。

「寄っていく？」

「そうしたいけれど……わたし、こんなかっこうだから……ご家族に会うの、恥《は》ずかしいわ」

わたしは、季節はずれの半そでのワンピースを着た自分の腕《うで》を、そっとなでさすった。

家の中を肩越しにふりかえりながら、レオが言う。

「いまは、ぼくしかいない。それに、ぼくの家族はそんなこと気にしたりしないよ」

たしかに、家の中はひっそりと静まり返っている。レオひとりのようだ。だったら、と顔を上げる。

半分しか開いていなかった扉を、レオが大きく押し開く。招《まね》き入れられることが、こんなにうれしいことだったなんて、と思いながら、わたしは扉の向こうへと足を踏み入れた。

ほとんどもののない家だった。

玄関《げんかん》を入ったそこはもう部屋になっていて、小さなキッチンは玄関のすぐ横にそなえつけられている。

壁《かべ》には古くなって色のあせたストライプの壁紙が張《は》ってあるのだけれど、ところどころシミができていた。

それでも、不潔《ふけつ》な部屋だという印象は受けない。もののなさに加えて、板張《いたば》りの床《ゆか》にはほこりひとつ落ちていなかったし、数少ない家具のひとつであるベッドも、きちんと整えられていたからだ。

ベッドのほかには、茶色い革《かわ》の大きなトランクがひとつ、布張《ぬのば》りの傷《いた》んだ黒いソファ、テーブルの代わりに使っているらしい横長の木箱、上着をかけておく洋服かけ――それで、家の中にあるものの全部だった。

ひとつしかないベッドを目にして、ご家族といっしょに暮らしているわけではないのかしら、と不思議に思ったけれど、それをいま口に出すのは気が引けたので、だまっておくことにする。

「どうぞ、ソファに座って」

ソファは、ふたりならんで座れるサイズのものだった。

わたしは、おずおずと腰をおろす。

レオはまだキッチンにいるけれど、お茶をいれ終わったら、となりに座るのだろうと思っていた。

ところが、湯気のたったマグカップをふたつ、テーブル代わりの木箱の上に置いたレオは、「ごめん」と言って、すぐにきびすを返した。

「ちょっとバーソロミューを呼んでくる。そろそろごはんの時間だから」

それだけ言い残すと、レオは外に出ていってしまった。

レオだけなら、と思っておじゃましたのに、とあわてて髪に手をやった。つづけて、ワンピースのしわをのばしはじめる。

ワンピースのしわをのばしているうちに、はっと気づいた。十一月なのに夏もののワンピースを着ている時点で、どうしたってとりつくろいようがないんだっていうことに。

わたしは、ワンピースのしわをのばすのをやめた。

ふう、と小さく深呼吸《しんこきゅう》をする。

レオが言ったことを信じよう。

——ぼくの家族はそんなこと気にしたりしないよ。

レオはたしかに、そう言った。

出されたお茶に手をつけてもいいものかどうか迷《まよ》いながら、室内のあちこちに視線をさまよわせる。

しばらくすると、こんこん、と窓《まど》をノックする音が聞こえてきた。

もうもどってきたのかしら、といぶかしみながらも、わたしはソファから立ち上がって、玄関とは反対がわにある窓に歩みよった。

くもったような加工がしてある窓で、シルエットしかわからない。

レオにしては少し背が大きい？　と思いながらも、窓を大きく左右に開く。

「きゃーっ」

とたんに、わたしの口からは悲鳴が飛び出した。

「なっ、なんだなんだ、なんでいきなり騒《さわ》ぎ出したんだ！」

窓の向こうでは、黒い眼帯《がんたい》をつけたおじいさんが、ひどくうろたえていた。

「あ、あやしいもんじゃない。わしはレオの身内だ。ほ、本当だ、うそだと思うなら、あの子にきいてみてくれ」

眼帯すがたのおじいさんは、必死にわたしを安心させようとしている。

じょじょに落ち着きを取りもどしつつあったわたしは、いきなり悲鳴を上げてしまったことをあやまらなくちゃ、と思った。

「わたしのほうこそ、ごめんなさい。てっきりレオだと思ったものだから……」

「そうかそうか、いやいや、わしのほうこそ、いきなり窓から失礼をした。めずらしくレオに客がきとるようだから、どうも気になってな」

「あの、レオはいま、バーソロミューさんという方を迎《むか》えにいっています」

「ああ、この時間は、バーソロミューはいつもの場所にいるはずだからのう」

「いつもの場所？」

「バーソロミューの最初のパートナーだったやつの墓《はか》じゃ」

「そう……なんですか」

どう見てもひとりで暮らしているようにしか見えないこの家で、レオはそのバーソロミューという人と、どうやって暮らしているのかしら、と思いかけたちょうどそのとき、

「あ、ブラッド。きてたんだ」

背後《はいご》から、レオの声がした。

ふりかえるとそこには、レオと、そして、一瞬ぎょっとなるほど大きな犬がいた。

黄金色《こがねいろ》のふさふさの毛で、全身がおおわれている。レオの腰の辺りまで背があって、目もとがきりっとしていて、とてもたくましい印象を受ける犬だ。

「もしかして、バーソロミューって……」

わたしのつぶやきに、窓の外のおじいさんが答えてくれる。

「そう、そこにいるのがバーソロミュー。レオのパートナーじゃ」

「パートナー……」

「レオひとりで見て回るには、この墓地はばかみたいに広いからのう」

低くもなく高くもない、少しかすれたように聞こえる声で、おだやかにレオが言い足した。

「ぼくは、ここの墓守《はかも》りなんだ」

「……墓守り」

「墓石の掃除《そうじ》をしたり、不審者《ふしんしゃ》がいないか見て回ったり、そういうことをしながら、ここで暮らしてる」

「ご両親は？」

「いない。兄弟も、祖父母も。叔父《おじ》も叔母《おば》も、いとこもいない」

「でも、さっき、わたしが夏服のままレオのご家族に会うのを恥ずかしがったら、ぼくの家族はそんなこと気にしないって……」

レオは、目じりの上がった形のいいその目を細めて、ゆったりと笑った。

「家族なら、いるよ。たくさん」

わたしには、レオの言っていることの意味がわからなかった。

3

バーソロミューはとても静かな犬だった。

レオは、わたしがいる黒いソファの向かいがわに、部屋のすみから運んできた茶色い革製《かわせい》のトランクを置いて、椅子の代わりに腰をおろしている。バーソロミューは、レオのとなりでおとなしく座っていた。

黒い眼帯のおじいさん――ブラッドさんというらしい――は、壁に寄せたベッドに腰かけている。

「エミリア、お茶、飲まないの？」

レオに言われて、自分がまだお茶に手をつけていなかったことに気がついた。

不思議と、飲みたいという気がしない。

「お菓子《かし》もあるけど、食べる？　チョコチップの入ったクッキー」

チョコチップの入ったクッキー！

わたしの大好物だわ、と思う。

だけど、やっぱり食べたいという気がしない。

墓地の真ん中にあるおうちにいる、ということが、知らないうちにわたしを緊張させているのかしら……。

ふいに、玄関のドアがかたかたと音を立てた。風が吹《ふ》きつけただけにも思えるし、だれかが弱々しくノックしたようにも思える。

「レイラおばさんかな？」

立ち上がったレオが、足早に玄関へと向かう。

開いたドアの向こうにあらわれたのは、真っ赤なドレスに、ゴージャスなブロンドの髪を高々と巻き上げた女性《じょせい》だった。

若々《わかわか》しくてとてもきれいな人だけど、目じりや口のわきにしわがある。実際《じっさい》の歳は、わたしのママと同じくらいなのかもしれない。

「ハーイ、わたしのかわいい坊《ぼう》や。ご機嫌《きげん》はいかが？」

「悪くはないよ、いつもと同じ」

「あいかわらず、そっけない子。そこが坊やのかわいいところでもあるけれど」

レオがレイラおばさんと呼んだその女性は、部屋の中にいたわたしを見つけると、まあ！　と大げさなほど驚いてみせた。

「見かけない顔ね！　やだ、かわいいじゃない。坊やのお友だち？」

そう言いながら、ヒールの高いくつをはいた長い足で、かつかつと部屋の中を進んでくる。

レイラさんは、わたしのすぐとなりに腰をおろした。

「お名前は？」

「エ、エミリアです」

「エミリアね、わたしはレイラよ。よろしく」

「は、はい、よろしくお願いします……」

きっと夜のお仕事をしている人なんだろうな、と思った。こんなにまぶたが青くて、くちびるが赤い人を、昼間のスーパーで見かけることはない。

そこでわたしはようやく、はっとなった。

この人も、上着を着ていない。

真っ赤なドレスからは、真っ白な肩がむき出しになっている。

ベッドのほうに顔を向けて、ブラッドさんの服装《ふくそう》も見てみた。

ブラッドさんも、丸首の肌着《はだぎ》のような白いシャツに、黒いサスペンダーのついたズボンをはいただけのすがただ。

季節に合ったかっこうをしているのは、レオだけ……。

わけもなく、不安な気持ちになった。

わたしは、椅子代わりの茶色い革のトランクに腰をおろし直したレオの顔に目をやった。

レオはすぐにわたしの視線に気がついて、どうかした？　というように、こちらをじっと見つめ返している。

はじめて会ったときには、不吉な色のように思えたその瞳の黒。

いまはもう、この世にたったひとつきりの希少な宝石《ほうせき》の色にしか見えない。

「……チョコチップの入ったクッキー、食べたい」

どうしてそんなことを言ってしまったのか、自分でもよくわからなかった。

食べたいなんて、少しも思っていなかったのに。

ただ、大好物のチョコチップの入ったクッキーを食べたいと思わない自分が、まるで自分じゃないだれかになってしまったようでこわかったのだと思う。

レオはすぐに、チョコチップの入ったクッキーを白いお皿に四つのせてもどってきた。

「はい、どうぞ」

テーブル代わりの横長の木箱の上に置かれたそれは、本当においしそうに見えた。

それなのに、やっぱりわたしは、すぐに手をのばすことができない。

食べたい、と思えないのだ。どうしても。

「わたし、どうしちゃったのかしら……」

レオが、やさしくほほえみながら言う。

「無理はしなくていいんだ、エミリア。食べたくないなら、食べなくたっていい」

「でも、わたし、チョコチップの入ったクッキー、大好きなのよ。大好きなのに……」

わたしは、なにかを思い出しそうになっていた。

なにを思い出しそうになっているのかはわからない。思い出そうとすると、ひどく気分が悪くなる。わたしは、口もとを両手で押さえながら、背中を丸めた。

丸くなったわたしの背中を、レイラさんがやさしくなでさすってくれる。

「無理しなくていいのよ、エミリア。ゆっくり思い出せばいいの」

ゆっくり思い出せばいい……。

なにを？

わたしはなにを、思い出せばいいの？


気がついたときには、わたしはベッドに横になっていた。

あまりの気分の悪さに目を閉《と》じたところまでしか覚えていない。

そのあと、意識《いしき》を失ってしまったのだろう。

枕《まくら》もとには、レイラさんがいた。

「気分はどう？」

「はい……少し、よくなりました」

「そう、よかった」

レイラさんがすっと腰を上げると、入れかわるようにレオがやってきた。

「どうする？　エミリア。もう少し休んでいく？　それとも……」

「帰るわ。ううん、本当は、帰りたくない。でも、帰らなくちゃ。ママが心配するもの」

レオは、なにか言いたそうに口を開きかけた。なにかを言いよどんでいる。

「いいのよ、レオ。言って」

わたしは、そう言ってレオをうながした。

「……きみのママは本当に、きみの帰りが遅《おそ》いと心配する？」

レオにはお見通しなのね……。

わたしは観念したように、いいえ、と首を横にふった。

「ママはきっと、わたしが朝まで帰らなくたって、きっと心配したりはしない。気にもしないわ、きっと……」

ママは、変わってしまった。

そう、あの嵐《あらし》の夜をさかいに――。

わたしの頭の中に、真っ暗な窓が浮《う》かび上がってきた。

この窓は、なに？

この窓は……そう、あの夜、わたしが居間《いま》のソファで見ていた窓。

ひどい嵐だった。

ああ、そうだ。

たしかあの日も、月曜日だったわ。

風がごうごうとうなりを上げて吹いていて、庭の木はいまにも折れてしまいそうなほど激《はげ》しくしなっていた。

窓の外は真っ暗で、まるで家が丸ごと深い海の底に沈《しず》んでしまったようだった。

あの窓を見ながら、わたしはなにをしていたのかしら。

思い出そうとしても、なにも思い浮かんでこない。かろうじて覚えているのは、そこにパパがいたっていうことだけ。

居間に、パパはいた。

ママは？

ママもわたしといっしょにソファに座っていた？

わからない。

あの暗い窓以外、なにも思い出せない。

「ねえ、エミリア」

レオが、わたしの名前を呼ぶ。

ただそれだけでわたしは、ほっとして泣き出しそうになってしまう。

ああ、レオ。

あなたに名前を呼ばれると、どうしてこんなに満たされたような気持ちになるのかしら。

「なあに？　レオ」

「あした、きみのパパに会いにいってみない？」

「えっ……」

言葉を失った。

パパに会いにいく？

わたしのほうから？

そんなこと、考えてみたこともなかった。


「だいじょうぶ？」

先にホームに降りたレオが、ふりかえってわたしを待ってくれている。

だいじょうぶよ、と答えて、わたしもすぐに、列車のタラップからホームに降り立った。

こんなに長い時間、列車に乗ったのは、生まれてはじめてのことだった。

向かいの席にいた老夫婦《ろうふうふ》が、しきりに腰が痛いと言っていたけれど、わたしは若いからへっちゃらだ。

レオにつれられてやってきたのは、わたしたちが暮らしている街よりも、ずっと南にある海沿《うみぞ》いの街。

かすかに潮《しお》のにおいがする。

「本当にパパは、この街にいるの？」

いまさらながら、わたしはレオにたずねた。

「いるよ」

レオは簡潔《かんけつ》に、それだけを答えた。

きのうの夜、唐突にレオから誘《さそ》われたこの特別なおでかけ。

もちろん、わたしは最初、ひどく迷った。

パパがどこにいるかなんてまるで知らなかったし、お金だって持っていなかったから。

だけど、レオは言った。なにも心配しなくていいんだ、と。

エミリアはただ、ぼくといっしょにくるだけでいい、とも。

結局、わたしはきのうの夜、自宅《じたく》へはもどらなかった。

わたしはレオのベッドで眠り、レオは、黒い布張りのソファで、バーソロミューといっしょに丸まりながら眠った。

目が覚めたとき、ママはきっと、わたしが帰っていないことにも気づいていないんだろうな、と思った。そう思ったら、涙《なみだ》がこぼれた。

わたしはもう、ママに心配もしてもらえない子になってしまったんだ……。

泣きながら起きたわたしのそばに、足音を忍《しの》ばせながらバーソロミューが近づいてきたときのことを思い出す。

バーソロミューは、わたしのほおをその大きな舌《した》で、ぺろぺろとなめてくれたのだ。

不思議なことに、バーソロミューの舌は少しもくすぐったくなかった。まるで、涙だけがきれいになめ取られていくようで……。

そうしてわたしの涙は、すっかりなくなった。

やさしい子ね、とささやいたら、バーソロミューはふいっとそっぽを向いていってしまった。

子どもあつかいしたのがよくなかったのかもしれない。

「どうしたの？　エミリア。思い出し笑いなんかして」

先に立って歩いていたレオが、顔だけうしろに向けて笑っている。

わたしは、ううん、と言ってほほえんだ。

「なんでもないの」

ただ、とってもしあわせな思い出を思い返していただけよ、と胸《むね》の中で言い足す。

レオの容姿《ようし》は、わたしたちが暮らしている街よりもさらに田舎《いなか》にあるこの街では、ひときわ人目を引くようだった。

黒い髪に、黒い瞳。わたしたちの白さとはまた少し種類のちがう、ミルクのようなまろやかな白い肌。

すれちがう大人たちのほとんどが、一度はレオの顔をちらっと見ているのがわかる。

レオは少しも気にしている様子はない。

わたしだったら、顔をかくしてしまいたくなるにちがいなかった。あんなふうに、嫌悪の混《ま》じった好奇《こうき》の目でじろじろ見られたりしたら。

レオは、とっても強い男の子だ。

「レオって、いくつなの？」

「十四」

思っていたよりも、ひとつだけ歳が上だった。わたしよりは、三つ年上ということになる。

「墓守りのお仕事はいつから?」

「三年になるかな」

「三年……」

「三年前に、前の墓守りだったルパートが亡《な》くなって、そのあとをぼくが引《ひ》き継《つ》いだんだ」

「求人広告を見たの?」

「いや、ぼくはもともと、ルパートの仕事を手伝いながらいっしょに暮らしてたから」

「あのおうちで?」

「うん。きのうの夜、久しぶりにソファで寝《ね》ただろ? なつかしかったよ。ルパートがいっしょだったころは、いつもソファで寝てたから」

なんと言えばいいのか、わからなかった。

ちゃんとしたベッドもない生活を、レオは何年もつづけていたのだ。

つい、目をふせてしまった。

そんなわたしの表情を見て、レオはなにかを察したらしい。

少し笑いをこらえたような声で、ちがうんだ、と言った。

「ルパートがケチってぼくのベッドを買ってくれなかったわけじゃなくて、むかしは同じベッドで寝てたんだけど、大きくなるとそうもいかないから。それで、ソファに寝るようになったんだ」

たしかにわたしは、レオにベッドがなかったのは、そのルパートという人が、レオのことを使用人のようにあつかっていたからだと思っていた。

そうではなかったのだと知って、ちょっとほっとする。

「あの部屋に、ベッドをふたつも置くのはさすがにきゅうくつになるから、それで、新しいベッドはいらないって、ぼくが言ったんだ」

「そうだったのね」

わたしは、とんだ勘《かん》ちがいをしてしまった恥ずかしさをごまかすように、くちびるを軽く嚙《か》みながら笑った。

レオも、黒い瞳を細めながら、やわらかな笑みを返してくれる。

日差しのまぶしさに目を細めているようにも見える、レオの笑顔《えがお》。

わたしは思う。

レオの笑った顔が、大好きよって。

ずっとずっと見ていたくなるくらい、大好きよ、レオ……。

レオは、駅前からつづく道をしばらくまっすぐ進んだあと、上着のポケットから地図を取り出した。

「うわ、アンディの書いた地図、ひどいな」

ぶつぶつとひとりごとを言っている。

横からのぞくと、レオが文句《もんく》を言いたくなるのも当然だ、と思わず吹き出しそうになった。

適当に描《か》いた線と線が、簡単に交差したり、平行にならんでいたりするだけの地図だ。

「とりあえず、この教会をめざそう」

そう言ってレオが指差したのは、十字のマークがつけられた、教会の建物らしき絵だった。

途中、レオは食料品の店でミルクを買った。お昼ごはんの代わりだと言って、一気に飲みほす。

レオからは、やっぱりヴァニラのような甘いにおいがしている。そこにさらにミルクのにおいが加わって、なんだか赤ちゃんみたいだと思ったりした。

教会を目印に歩いてきたわたしたちが見つけたのは、赤い屋根のかわいらしいおうちだった。

地図の下のほうに、走り書きしたような文字で書かれていた住所によると、そこがパパの新しいおうちだった。

わたしとママを捨《す》てて、パパが新しい生活をはじめているおうち——。

あの淡いグリーンの大きな車も、ちゃんととまっている。まちがいない。ここがパパの新しいおうちだ。

もとのおうちのほうがずっと大きくて立派《りっぱ》だけれど、パパにとっては、この赤い屋根の小さなおうちで暮らすことのほうがずっと魅力的《みりょくてき》だったんだと思ったら、ひどくみじめな気持ちになった。

どうしてわたしは、こんなところまできてしまったのかしら。

パパはきっと、わたしの来訪《らいほう》をよろこんでくれるはずもないのに……。

意気消沈《いきしょうちん》したわたしのほうをちらっと見やってから、レオは、ノッカーを鳴らした。

なんの反応《はんのう》もない。

レオはもう一度、ノックした。

今度は、「エミリアさんの友だちのレオといいます。突然、たずねてきてすみません」と言いながら。

すると、少しだけ間を置いてから、扉が薄く開いた。

薄く開いたすきまから、目だけがのぞく。

パパだ！

わたしの心臓は、ばくんっと大きく膨張《ぼうちょう》した。

パパの目は、きょろきょろと辺りの様子をうかがっているようだった。

「だいじょうぶ、だれもつれてきていません」

レオがそう言うと、パパは扉をこちらに向かって少しだけ押しやった。

入っていい、ということみたいだ。

レオは、わたしのほうに目だけで軽く合図をすると、扉の向こうへと体をすべりこませた。

レオにつづいて、わたしも家の中に入る。

パパは、落ち着きなく居間のソファのまわりをぐるぐると歩き回っていた。

「どうしてわたしがここにいることを……」

ひとりごとのようにパパが口にしたその疑問《ぎもん》に、レオは淡々《たんたん》と答える。

「ぼくの家族が、調べてくれました」

「調べた？　なんのためだ」

「エミリアを、あなたに会わせるためです」

落ち着きなく歩き回っていたパパの動きが、ぴた、と止まった。

「……おまえ、なにを知っている？」

レオは、ふ、とくちびるだけで笑った。

「なにもかも、です」

パパは、くまのできた目を大きく見開いて、言葉を失っている。

その顔を見ているうちに、わたしはあの嵐の夜の断片《だんぺん》を、思い出した。

あの夜にも、パパはこんな顔をしてわたしを見ていたような気がする。

そう、まつげの濃い青い目を大きく見開いて、なにか信じられないものでも見ているような顔をして、わたしを見ていた……。

「あのとき、パパはわたしのなにを見て、あんなに驚いていたのかしら……」

気がついたときには、声に出してつぶやいていた。

パパは、わたしの声には気がつかなかったのか、あいかわらず、見開いた目でレオを見つめつづけている。

「あのとき、あなたはどうしてエミリアのことを驚きながら見ていたんですか？」

代わりにレオが、わたしの言葉をパパに伝え直してくれた。

パパはぼう然とした様子のまま、ぶつぶつと答える。

「どうしてって……エミリアがあんまりあっけなく死んでしまったから、びっくりして」

「まさか、死んでしまうなんて思ってもみなかった？」

「ああ……いつもと同じくらい手加減《てかげん》してなぐっていたし……」

パパは、なにを言っているの？

わたしが死んでしまったから、びっくりした？

パパの見開いたままの目を、じっと見つめる。

暗い目だった。

まるで、あの嵐の夜に見ていた窓のように、暗い……。

あのときわたしは、ソファの上から窓を見ていた。鼻から真っ赤な血を流しながら。

そう、わたしはあのとき——。

「死んでいた……」

レオが、やさしくわたしにほほえみかけてくる。

「……思い出したんだね？」

レオのその問いかけに、こく、とうなずく。

なにもかも、わたしは思い出していた。

あの嵐の夜のことを。

あの日ママは、同窓会《どうそうかい》のためにおじいちゃんとおばあちゃんのおうちに一泊《いっぱく》の予定で泊《と》まりにいっていた。

おうちの中には、パパとわたしのふたりだけ。

あのころのわたしには、なによりもおそれていたことがある。

それは、パパとふたりきりになること。

「あの嵐の夜……わたしはいつものようにたくさんパパになぐられて、そして、いつもとはちょっとちがう頭痛《ずつう》を感じたあと、動けなくなった……」

「そのあとのことも、思い出した？」

「パパはわたしを抱《かか》え上げて、裏庭《うらにわ》につれていったわ。それから、大きな穴《あな》を掘《ほ》って、わたしをうめてしまったの」

「裏庭」

「そう、裏庭よ。わたしがまだ小さかったころ、よく遊んだすべり台のすぐ横」

「すべり台のすぐ横。きみはいまも、そこにいる」

「ええ、いるわ。ずっとそこに、うまってる」

パパが、いきなりレオにつかみかかってきた。

「なにをひとりでしゃべってるんだ！　裏庭？　すべり台？　おまえはいったい、どこまで知って……」

レオは、パパにえり首をつかまれても平然としていた。

まっすぐにパパの顔を見上げながら答える。

「言ったでしょう？　なにもかもです」

「なにもかも……」

「ぼくの家族が、あの嵐の夜の目撃者《もくげきしゃ》をさがしてくれたんです。サラという女性が、すべてを見ていました。窓の向こうから」

「サラ？　そんな女性は知らないが……そうか、見られていたのか……」

パパの手から、力がぬけたのがわかった。

レオの首もとからすべり落ちたパパの手が、あてもなく宙《ちゅう》をさまよう。

「エミリア。この人は、きみを庭にうめたあと、きみのママに手紙を書いてから家を出たんだ」

「ママに……手紙？」

「エミリアはつれていく。きみとの暮らしにはもう疲《つか》れた。さがさないでくれ――そんなふうに書いた手紙だ」

パパが、ははっ、と乾いた声で笑った。

「あの手紙のことまで知っているとは。ソフィアから聞いたのか?」

「いいえ。ぼくはまだ、エミリアのお母さんとはお話ししていません。それも、ぼくの家族がさがし出してくれたんです」

「さがした? 手紙をか?」

「ええ。ソフィアさんは、大切にしている家族のアルバムに、その手紙をはさんでいました。一晩《ひとばん》だけお借りしたあと、すぐにもどしておいたので、手紙をほかのだれかに読まれたことに、ソフィアさんは気がついてもいないでしょう」

「どうやって、そんなことを……」

「できるんですよ、ぼくの家族なら」

わたしにはもう、レオの言っていることがどういうことなのか、すっかり理解できていた。

レオの家族。

それはきっと……。

「エミリア」

レオが、やさしくわたしを呼ぶ。

あたたかなお湯の中に身を浸《ひた》したような気持ちになりながら、わたしはレオの顔を見た。

「きみのパパに、なにか言いたいことはある？」

わたしは、すう、と胸の奥まで空気を吸いこんだ。

なんでもないようなことで、パパはよくわたしをなぐった。

髪の毛をちゃんととかしていなかった、とか、くつしたをきちんとのばしてはいていなかった、とか、口で言えばわかるようなことも、パパにとってはわたしをなぐる理由になった。

でも、わたしは知っている。

パパも、そうされてきたってことを。

「おじいちゃんも、なんでもないようなことでパパをよくなぐる人だった……おばあちゃんが、そう言っていたのを聞いたことがあるわ」

レオが、わたしの言っていることを通訳《つうやく》でもするように、くり返す。

パパは、ぎくしゃくとした動きであとずさった。ふるふると、頭をふりながら。

「仕方がなかったのよ、きっと。パパにも、どうにもならないことだった。だから、わたしはパパをうらんだりはしない」

わたしはもう一度大きく深呼吸をしてから、パパに告げた。

「わたしは、パパを許《ゆる》すわ」

もちろんそれも、レオが伝えてくれる。

「エミリアは、あなたを許すそうです」

レオの口から最後の伝言が伝えられたとき、パパは、その場にどしんとしりもちをついた。

そして、しばらくぼう然としていたかと思うと、突然、大きな声で泣き出してしまった。

「エミリア、わたしのかわいいエミリア！　パパを許すって？　ばかなことを言うんじゃない！　わたしなんかが許されていいわけがないじゃないか！」

そう、パパは許されるべきじゃない。

人として。

親として。

決してしてはいけないことを、パパはした。

だから、ママも、近所の人たちも、法の裁《さば》きを与《あた》える人たちも、絶対にパパを許してはいけない、と思う。

世界中のすべての人たちからパパは非難《ひなん》されるべきだし、なにより、パパ自身は絶対に、自分だってなぐられて育ったのだから許されてもいい、だなんて思ってはいけない。

だけど、わたしだけは、世界でたったひとり、わたしだけは、パパを許してもいいはずだ。

だってわたしは知っている。

なぐらないときのパパは、いつだってわたしを大切そうに見つめていた。どんなおそろしい怪物《かいぶつ》が襲《おそ》ってきたって、必ずパパがおまえを守るからねって、その目はいつも言っていた。パパは、わたしを愛してくれていた。ただ少し、自分のことを上手にコントロールできなかっただけ。あのまなざしが、いまも恋しいの。わたしはパパが、大好きだった。

わたしの身に起きたことを知れば、ママも、近所の人たちも、法の裁きを与える人たちも、きっとパパを許しはしないでしょう？

だから、わたしは安心して、パパを許すことができる。

だれになにを言われても、この気持ちは変わらない。だって、わたしがそうしたいんだから。

世界中のすべての人たち。

どうかあなたたちは、パパを許さないでね。

わたしはパパをうらまない。

パパを許すわ……。

「エミリア！　おまえはわたしを許しちゃいけない！　わたしは……わたしは……」

泣いているパパをひとり残して、わたしとレオは、そっとその家をあとにした。

4

扉を開けたママが、一瞬、たじろいだ様子を見せた。

この国の大人たちが忌《い》みきらっている、肌や髪や瞳の色が異《こと》なる人間の突然の訪問に、戸惑っているのだ。

「これを、エミリアからあずかってきました」

そう言ってレオがママにさし出したのは、わたしがママのために書いた手紙だった。

「エミリアから？」

いぶかしげだったママの顔に、ぱっと明かりが灯《とも》ったようになる。

「あの子は元気にしてるのね？」

レオの手から受け取った手紙を、ママはむさぼるように読みはじめた。

『愛するママへ

ママ、元気？

もうずっと、ママとはキスもハグもしていないわね。とてもさみしいわ。ママも、さみしい？

ねえ、ママ。ママはずっと、わたしがパパといっしょに家を出ていってしまったって思っていたのよね。

わたしは、なにも知らなかった。

だから、どうしてママは、わたしの『ただいま』に返事をしてくれないのか、どうして夏服をしまって、ニットのセーターやウールのスカートを出してくれないのか、ずっと不思議だったし、悲しかった。

でも、やっとわかったの。

ママは、本当のことを知らないままだったんだって。

あのね、ママ。お願いがあるの。いま、ママの目の前にいるレオは、わたしが心から信頼《しんらい》している大切なお友だちなの。

彼が言うことを、決して疑《うたが》わないで。

彼が言うことは、すべてわたしの言葉だと思ってほしいの。

この手紙を読み終わったら、レオがママにあることをお願いするはず。

ママがそれをしてくれたら、わたしはママに会えるわ。

だから、お願い。

レオといっしょに、それをしてね

エミリアより』

手紙を読み終えたママは、ひどく困惑《こんわく》した目でレオを見た。

家族の中でだれよりも、異国の文化を持つ人たちへの警戒心《けいかいしん》が強かったママだ。

いくらわたしの手紙があるからといって、レオに心を開いてくれるかは、ほとんど賭《か》けのようなものだった。

「……本当に、あなたの言うとおりにすればエミリアに会えるのね」

「はい」

ママは、わかったわ、とつぶやくように言って、小さく深呼吸をした。

裏庭に回ったレオとママは、すべり台のすぐ横に立った。

「ここを、少し掘ってもいいですか？」

「ここを？　掘るの？　なぜ？」

「あなたのご主人が、ここにあるものをうめていったんです」

「……あるもの……」

ママは、ぎくりとしたように顔をこわばらせた。

もしかしたら、ママはもう気づいたかもしれない。

そこにうまっているのが、わたしだということに。

「いいわ。掘りましょう」

そう言って、ママは自ら物置にシャベルを取りにいった。シャベルは二本。ママも、掘るつもりらしい。

レオとママは、無言のまま土を掘りつづけた。

やがて、わたしがあの嵐の夜に着ていた半そでのワンピースの肩の部分が、土の下から顔をのぞかせた。

わたしがいま着ているものと、まったく同じものだ。

わたしがずっと着ていたこの半そでのワンピースは、あの嵐の夜、着ていたものだったんだ……。

「ああ、神さま……うそでしょう？」

ママはシャベルを投げ捨てて、掘り進めていた穴のふちに両ひざをついた。

手で土をかき出しはじめる。

とうとうわたしの、ブロンドの長い髪があらわになった。

「神さま、おお、神さま……どうか、どうか」

ママがさらに土をかき出そうとしたそのとき、レオが突然、それを止めた。

「ソフィアさん、あとは警官《けいかん》にやってもらいましょう」

ママは、激しく頭をふった。

「だめよ！　だってエミリアは……」

「エミリアが、それを望んでいるんです」

ママがようやく、レオの顔を見た。

「……エミリアが？」

「エミリアはいま、ぼくといっしょにここにいるんです」

ママは、中腰《ちゅうごし》になってきょろきょろと辺りを見回している。

わたしは、ママ、と呼びかけた。

ママには、聞こえていない。

「レオ、ママに伝えて」

「うん」

「土の中のわたしはひどい状態で、とてもママには見せられない……だから、これ以上はもう、ママの手では進めないでほしいの」

レオは、わたしが言ったとおりのことを、ママに伝えた。

ママは、神妙《しんみょう》な顔をしてレオの言うことを聞いている。

「あなたには、エミリアが見えているの？」

「はい」

「なぜ？　なぜ、あなたには見えて、わたしには見えないの？」

「それは……ぼくが《慈愛と慰めの丘》に産み捨てられた子どもで、そんなぼくを育ててくれたのが、あの墓地に集った霊《れい》たちだったからだと思います」

パパの家を出てから、ここにくるまでのあいだ、レオに教えてもらっていたことだったので、その話を聞いてもわたしは驚かなかった。

レオは、生まれたときから霊たちと交流しながら生きてきたのだ。

レオの家族は、あの墓地に住まう霊たち。

わたしがレオの家で出会ったブラッドさんも、レイラさんも、霊だった。

あの嵐の夜のできごとを目撃していたという女性も、パパが書いたママへの手紙をさがし出してくれた人も、みんな、霊だったのだ。

わたしがレオに会いたい一心で、はじめて《慈愛と慰めの丘》の向こうにある集落に足を踏み入れたとき。

わたしの髪を乱暴《らんぼう》に引きつかんだあの男の子も、じつは霊だった。

だから、わたしに触れることができたのだと、あとになって知った。

あのとき、わたしがかぶっていた青い野球帽。彼があの野球帽を拾うことができたのも、霊だったからだ。

だって、あの青い野球帽は、わたしがかぶっていると思いこんでいただけで、実際にそこにあったものではないのだから。

わたしの半そでのワンピースもいっしょ。

霊が身につけているものは、ただの幻像《げんぞう》。それに触れることができるのは、やっぱり霊だけ――。

わたしの髪を乱暴に引きつかんだあの男の子は、霊だったからわたしにさわることができたし、地面に落ちた青い野球帽を拾うこともできたのだ。

もうひとり、わたしに触れることができた人がいる。

フェイだ。

フェイとわたしは、手をつないで歩いた。

彼女もまた、霊だった。

世界中を旅して回っていて、どこの墓場《はかば》にも決して身を寄せようとしない自由な女の子――。

フェイのことを、レオはそんなふうに説明してくれた。

レオは、霊じゃない。

生きている生身の人間だ。

だから、レオはわたしに触れることもできないし、わたしが身につけているものにも触れられない。

すがたを見ること、声を聞くことはできても、おたがいに触れ合うことはできないのだ。

ただし、霊であるわたしのほうからなら、触れることができるものがある。ペンや紙。つまり、ものだ。ものならば、触れたい、とわたしが望めば、触れることができる。ものに触れることはできるから、ペンを持つことはできた。手紙を書くことも。

だけど、レオにはさわれない。ママにも、さわれない。

キスもハグも、することはできない。

これから先も、ずっと。

永遠《えいえん》に。

「本当に……エミリアはいま、ここにいるのね？」

「います。ちょうどぼくの右どなりに」

ママが、ふらふらと両手をさまよわせながら近づいてくる。

わたしがちょうど立っている辺りで、まさぐるように手を動かしている。

「エミリア？　いるの？」

「いるわ、ママ。わたしはここよ。ここにいるわ」

レオが、伝えてくれる。

「ここにいるって言ってます」

「どこ？　さわれないわ。ねえ、どこにいるの、エミリア」

レオは、霊がさわることができるのはものだけだと、ママに教える。

すると、ママは長い髪をひとつにまとめていたゴムをするりとぬき取って、わたしがいるほうに向かってさし出した。

「これ、エミリアがわたしの誕生日《たんじょうび》にくれたヘアゴムよ。ほら、お花の飾《かざ》りがついてる。覚えてるでしょう？」

わたしは、ママの手からそれを受け取った。

はたから見れば、まるで魔法のようにヘアゴムだけが宙に浮いたように見えているはずだ。

ママの目が、大きく見開かれている。

「ああ、神さま……うそじゃないのね。本当に、ここにエミリアが……」

「そうよ、ママ。わたしはここにいるわ。ママに、最後のあいさつをするために、きたのよ」

わたしはママに、本当のことを教える必要があった。

わたしの死体を見せることが、目的だったんじゃない。わたしはパパについていったんじゃないってことを、ただ知ってもらいたかっただけ。

わたしはママとずっといっしょにいたかったのよって。

だってママは、わたしがママじゃなくパパを選んで出ていってしまったって思いこんでいたのでしょう?

だから、いつもあんなにつらそうで、悲しそうな顔をしていた……。

わたしだって、悲しい。

わたしはまだほんの子どもだったのに。

どうして死んでしまわなければならなかったの?

考えれば考えるほど、悲しくなる。

でもね、ママ。どんなに悲しんだところで、わたしはもう生き返ることはできない。

だったら、わたしはいまのわたしにしかできないことをしてから、この世を去りたいの。

いまのわたしにできることは、ただひとつ。

本当のことを、ママに教える——。

ずっとそれがしたかったのに、きっと方法がわからなかったのね。だから、自分が死んでいることにも気づかないまま、わたしはずっとママのそばにいた。返事をしてもらえなくても、『ただいま』と言いつづけていた。

やっと見つけたのよ。

わたしがママに本当のことを教えられる方法を。

――レオが、それを教えてくれた。

レオがわたしの言葉を伝えているあいだ、ママはずっとすすり泣いていた。

ああ、ママ。

泣かないで。

わたしはきょう、ママをいまの生活から救い出すためにきたのだから……。

「ママ、愛してるわ」

レオが、少しかすれたように聞こえるやさしい声で、そっとママに伝える。

「あなたを愛してると、エミリアが言っています」

「ママもよ！　ママもエミリアを愛してるわ！　これからは、ずっといっしょよ。ね？すがたなんか見えなくたっていいの。エミリアがそばにいてくれさえすれば、ママはそれでいいから！」

わたしは、ゆるゆると首を横にふった。

「だめよ、ママ。死人は死人。自分が死んでいることに気がついてしまった以上、わたしはもう、ママのそばにはいられないわ」

わたしの決意をレオの口から伝え聞いたママは、ひどく取《と》り乱《みだ》した。

「いやよ！　どこにもいかないで。もういなくなるのはいや！　ずっといっしょにいるのよ、エミリア！」

レオが、ママの体を支《ささ》える。

「ソフィアさん、落ち着いてください。あなたがそんなふうだと、エミリアは安心して天に昇《のぼ》ることができません」

「いいのよ、エミリアはわたしといっしょにいればいいんだから！」

レオはママの肩を、両手で強くにぎった。

「いいですか、ソフィアさん！　霊のままこの世をさまよいつづけるということは、ぼくたち生身の人間には想像もできないくらいつらいことなんです。愛する人が目の前にいても、決して触れることはできない。言葉を交わすこともできない。ただ、じっと見ていることしかできないんです。二度ともどってこない人としての暮らしを、ただ傍観《ぼうかん》することしかできないんですよ。あなたはエミリアに、そんなつらい思いをさせたいんですか？」

ママの顔に、驚きの表情が浮かんでいる。

考えてもみなかったことだったのだろう。

そう……レオの言うとおりだった。

霊のままこの世をさまようということは、二度と人として生きることはできないのだと、日々、思い知りながら時間を過《す》ごすということ。

わたしは、自分がすでに死んだ人間だということを知ったときから、絶《た》え間《ま》なくその痛みに襲われつづけている。

この痛みを抱えたまま長い時間を過ごすことなど、とても考えられない。

それでも、ママがわたしといっしょにいることを望むのなら、耐《た》える覚悟《かくご》はあった。

ママのためなら、耐えられる。どんなことだって。

「エミリアにとって、この世に残りつづけるのはとてもつらいこと……」

うわごとのようにつぶやいたママに、わたしの目からは勝手に涙がこぼれた。

ママはいま、わたしのためを思って、身を裂《さ》かれるような決断《けつだん》をしようとしてくれていることがわかったからだ。

「エミリアがつらい思いをするくらいなら、わたしがそれを請《う》け負《お》います。どれだけさみしくても、耐えられるわ。それがエミリアのためになることだと思えば……」

ママが、わたしと同じことを思ってくれている。

うれしかった。

「ママ……」

わたしの代わりに、レオがママの背中をやさしくなでさすってくれた。

「ああ、エミリア……ママはあなたを守ってあげられなかった。当然の報《むく》いだわ……そう、だから、ママはもうだいじょうぶ。エミリアのいない毎日をしっかりと生きていくわ。それが、いまのあなたにしてあげられる、たったひとつのことなんですものね。あなたのためなら、ママはなんだってできる……なんだって」

「ありがとう、ママ……ありがとう」

レオが、わたしの顔を見た。

いまだ、という合図だ。

わたしとレオは、あらかじめ話し合っていた。

ママがちゃんとわたしの死を受け入れることができたとき、わたしは、エミリアとしてのわたしを終わりにする。

そう、ふたりで決めていた。

わたしがそれを望めば、いつだってわたしは消えてなくなることができるのだ。

霊とはそういう潔《いさぎよ》いものなのだと、レオが教えてくれた。

ただし、それができるのは、自分が死者だと気づいたときだけ。天に召《め》されなければいけないときにそれをこばんでしまったら、自分の意志《いし》ではもう、天に昇れなくなってしまう。

つまり、ブラッドやレイラたちがいまもこの世をさまよいつづけているのは、天に召されなければならなかったときに、それをこばんだからなのだ。

わたしは、こばみたくなかった。

自分の意志で、天に召されたかった。

それができるのは、いまだけ。

だから、どんなにつらくても、わたしはいま、ママにさよならをしなくちゃいけない。

ふいに、フェイと別れたときのことを思い出した。

フェイは、わたしとはもう会えないことを知っていたのかもしれない。

この子はきっと、自分が死者だと気づいたときに、天に召されることをこばみはしないだろう――そんなふうに思ってくれていたのかもしれない。

だから、レオにだけ『またね』と声をかけた。

……そうなのね？　フェイ。

わたしは、ひそかにくちびるだけでほほえんだ。

あなたはきっと、だいじょうぶ。

フェイがそう思ってくれたことが、うれしかった。

ええ、そうよ。

わたしは、だいじょうぶ。

この死を、わたしは受け入れることができた。

「……ママ、わたし、いくわね」

大好きなママ。

どうか強く、生きてね。

わたしのためだと思って、しあわせになって。

わたしは、レオに向かって小さくうなずいてみせた。

「さみしくなるよ」

レオは、そう言って少しだけ笑ってくれた。その言葉にうそはないことがわかって、わたしは胸が熱くなった。

「あなたに会えて、本当によかった。大好きよ、レオ」

触れることなどできないとわかっていても、そうしないではいられなかった。

レオのほほに、そっとくちびるを寄せる。

ママとちがって、レオにはわたしが見えている。触れることはできなくても、わたしのキスがレオには見える。レオになら、さよならのキスができる……。

ヴァニラのにおいを、かすかに感じた。ああ、レオのにおいだ、と思う。

さよならのキスを最後に、わたしはレオのそばから離れた。

このままゆっくりと、裏庭を歩いていこう。

そして、パパがむかし、自分で白いペンキをぬった木の扉を開けて、出ていこう。

消えてしまう前に、わたしはもう一度、ママと、そして、レオのしあわせを願った。

どうか、わたしの愛する人たちに、しあわせな日々だけが訪れますように……。

†

閑静《かんせい》な住宅街に鳴り響《ひび》く、パトカーのサイレン音。

白い木の扉のついた板塀越《いたべいご》しに、なんとかして庭の様子をのぞこうとしているやじ馬たちの中、黒い髪、黒い瞳の少年のすがたがあった。

かたわらには、黄金色のふさふさした毛の大型犬が寄りそっている。

「父親が、娘を殺してうめたらしいよ」

「まったく、ひどい話だねえ」

「その父親も、きのうの夜、出頭したらしい」

「へえ、自分から」

騒然《そうぜん》とした雰囲気《ふんいき》の中、黒い髪、黒い瞳の少年が、静かにきびすを返す。

「帰ろう、バーソロミュー」

かたわらの大型犬にやさしく声をかけると、少年はゆっくりと、街灯の明かりが届かない暗がりの中へと消えていった。

ブルー・マンデー

ダズリング・モーニング

仕方のないやつだ。

きょうも朝ごはんをミルクだけですませやがった。

おれにはちゃんとした朝ごはんを用意するくせに、自分の分となると、とたんに手ぬきをするのだから始末が悪い。

レオをしかってやれるのも、いまとなってはおれだけだ。

ルパートがいたころは、無理矢理《むりやり》にでもその口の中にパンやらベーコンやらスクランブルエッグやらが押《お》しこまれていたけれど、さすがに犬のおれにそんな芸当はできない。

いま、レオのそばにいる生身の生きものは、おれだけになってしまった。

ブラッドもレイラもアンディも、みんな死んだやつらばかりだ。

まあ、もともとレオは、生まれたときから霊《れい》にかこまれていたから、それが特別なことでもない。

レオを真夜中の《慈愛《じあい》と慰《なぐさ》めの丘《おか》》で産み落とし、そのまま置き去りにしてすがたを消した女の行方は、いまとなってはどうでもいいことだ。レオは、この《慈愛と慰めの丘》で身を寄《よ》せ合いながらこの世をさまよいつづけている連中みんなに愛されて育った。

おなかをすかせて泣くレオには、かつては四人の子どもの母親だったベティが、乳飲《ちの》み子のいる家庭からこっそりミルクを盗《ぬす》み出してきて飲ませたし、寒さに震《ふる》えるレオには、猟師《りょうし》の家に忍《しの》びこんだテッドが、熊《くま》の毛皮を与《あた》えてやった。

そのころのおれはというと、まだ生まれてもいなかった。

当時のことをおれが知っているのは、ずいぶんあとになって、みんなから聞かされたからだ。

ルパートは、もともといっしょに暮《く》らしていたおれの母親とともに、この《慈愛と慰めの丘》にやってきた。

そして、お人好しのルパートは、墓守《はかも》りのために用意された家の裏手《うらて》で、熊の毛皮にくるまって眠《ねむ》っていた赤《あか》ん坊《ぼう》——レオを見つけ、面倒《めんどう》を見はじめる。

母親がおれを身ごもったのは、レオが四歳《さい》になるかならないかのころだった。しばらくのあいだ、おれはレオのことを自分の兄貴《あにき》だと思いこんでいた。おれの母親をママと呼《よ》び、やけにべたべたと甘《あま》えていたせいだ。

そのうち、おれは気がついた。

おれのほうがずっと成長が早く、あっというまにこのちびよりも大人になるのだということに。

そのことに気づいてからは、おれがこいつを守ってやらなければならないのだと思うようになった。

そのころだ。

おれの母親が死んだのは。

悲しかった。

悲しかったが、それ以上に、おれの母親にべったりだったレオのことが心配だった。

おれはもうそのとき、親離《おやばな》れができていたが、レオはまだ、ほんの子どもだったのだから。

ルパートは口数の多い陽気な男だったが、レオは、おとなしい子どもだった。必要なこと以外は自分からはしゃべらない。黒い瞳《ひとみ》の奥《おく》で、いったいなにを考えているんだろう、と思わせるところがあった。

そんなレオを、ルパートは無理にしゃべらせようとすることもなく、ただ一方的にべらべらと話しかけては、勝手にひとりで笑っているような男だった。

レオはきっと、ルパートのことが本当に好きだったと思う。

父親のような包容力《ほうようりょく》はなかったかもしれないが、ルパートはルパートなりに、レオを愛していた。わかっていなかったはずがない。

そんなルパートも、死んだ。

レオが十一歳のときだ。

心臓発作《しんぞうほっさ》だった。

もともと体が丈夫《じょうぶ》な男ではなく、墓守りになったのも、あまり労働時間が長くなく、いそがしくない仕事しかできないから、という理由からだったそうだ。

あまった時間のほとんどを、ルパートは図書館通いに使っていた。幼《おさな》いころから病気がちだったルパートの唯一《ゆいいつ》の趣味《しゅみ》が、読書だったのだ。

あまりの読書量に、図書館通いしか見合う読書方法がなかった、という理由で、決して本棚《ほんだな》を持とうとはしなかったほどだ。

口数の多い陽気な男だったが、孤独《こどく》な人生を生きていた。

ルパートのことを思うと、おれはいまでも胸《むね》がつまる。

三十歳の誕生日《たんじょうび》を迎《むか》えることなく、ルパートはこの世を去った。

あの日のことは、よく覚えている。

おれの前でただ一度、レオが泣いた日だからだ。

✦

「なんだかきょうは、背《せ》すじがぞくぞくするわ」

そう言ってレイラが自分の手で自分の体を抱《だ》くようにすると、レオは、くふ、と小さく笑った。

「レイラでも、寒気がしたりするんだ」

「するわよー。別に、本当に寒さを感じてるわけじゃないけどね」

「じゃあ、どうしてぞくぞくするの？」

「さあ。どうしてかしらねえ。わたしにもよくわからないわ」

「ふうん」

そんな会話をしながら、レオがごしごしと墓石《はかいし》を洗《あら》っている。

いる。

おれはそのとなりで、のんびりとあくびをした。

ルパートのやつは最近、仕事をさぼってばかりいるな、と思いながら。

レオはまだほんの子どもだというのに、健気《けなげ》にもルパートの代わりにせっせと働いている。

もちろん、ルパートの体調が最近、あまりよくないことは知っているが、それにしたってここ数日は、ほとんど家に引きこもったままだ。

かえって病気になるんじゃないかと心配になる。

「きょうはここまでにしようか。バーソロミュー、帰ろう」

レオは、掃除道具《そうじどうぐ》を入れた大きなバケツを手に、墓石の前から立ち上がった。

「またね、レオ、バーソロミュー」

レイラが、ひらひらと白い手をふり、おれたちを見送ってくれた。

きょうは、ブラッドもアンディもすがたを見せていない。またどこかへふらふらとさまよいにいっているらしい。

レイラは、生きていたころのことを思い出すから、ここから出るのはあまり好きじゃない、と言って、めったなことでは《慈愛と慰めの丘》の敷地《しきち》の外に出ることはないが、男どもはしょっちゅう、どこかをさまよいにいっている。

ダズリング・モーニング

「ねえ、バーソロミュー」

家に向かって歩きながら、レオが話しかけてきた。

「ぼくの目の色って、ずっとこのままなのかな」

またその話か、と思う。

最近、レオはどうもそれが気になって仕方がないらしい。

めずらしく自分から話し出したな、と思うと、どうして自分の髪《かみ》や瞳の色は黒いんだろう、という話ばかりしてくる。

「ルパートもレイラさんも、とてもきれいな青い目をしている。ブラッドは緑だし、アンディはすきとおった灰色《はいいろ》だ。ベティさんやテッドは薄《うす》い茶色だろ？　黒い瞳なんて、ぼくだけだ」

レオは、足を止めて墓地《ぼち》の果てに目をやった。

「街に出ると、じろじろ見られるんだ。ひどく不吉《ふきつ》なものでも見るように……」

おれは、気にするな、と答えてやった。

レオは、うん、とうなずく。

人間のレオに、犬の言葉がわかるわけもないのに、幼いころから兄弟同然に育ってきたおれたちは、おたがいの言っていることをわかり合えた。目を見れば、わかるのだ。

「じろじろ見られるのは、まあいいよ。仕方がない、と思う。実際《じっさい》、めずらしいんだから、しょうがない。ただ、どうしてなのかなって。もしかして……」

もしかして？

なんだ、レオ。言いかけてやめるなよ。

おれが先をうながすと、レオは、少し言いよどんだあと、やっと話し出した。

「ぼくが墓場《はかば》で生まれたからなのかなって。だから、不吉な黒い髪や瞳なのかもしれないって、ちょっと思って」

ばかだな、そんなことを考えていたのか？

おまえはたしかに墓場で生まれたかもしれないが、そのせいで髪や瞳の色が黒いわけじゃないと思うぞ？

「そうかな」

そうだ。

「……なら、いいんだけど」

自分は果たして不吉な子どもなのかどうか。

レオが気にしているのはそこなのだな、と思った。

ばかなレオ。

そんなこと、あるわけがない。

おれは知っている。

レオは、この国の人間じゃない。だから、髪の色も瞳の色も、黒いんだ。東のほうにある国々では、髪や瞳の色が黒いほうが当たり前らしい。この街にだって、決して多くはないが、黒い髪、黒い瞳の人間はいる。皮膚《ひふ》の色が黒い人間だって、いる。

レオだって、そのことは知っているはずなのに——。


レオが家の扉《とびら》を開けたとき、いつものヴァニラのにおいのほかに、かすかだが、ちがうにおいが混《ま》ざっていることにおれは気がついた。

ヴァニラのにおいは、ルパートが気に入ってよくたいているお香《こう》のにおいだ。おかげでレオにも、その残《のこ》り香《が》がしみついている。

「ルパート？　寝《ね》てるの？」

レオが声をかけても、ルパートは返事をしなかった。

そのときにはもう、おれはルパートの身に起きたことを察していた。

犬には、そういうところがある。

人間よりもずっと、勘《かん》が鋭《するど》い。

レオはキッチンで手を洗うと、すぐにルパートのそばへと歩みよっていった。

顔をのぞきこみながら、もう一度、声をかける。

「ルパート?」

むだだよ、レオ。

ルパートはもう……。

「レオ」

ソファの上でおだやかな顔で目を閉《と》じているルパートの声が、その体がある場所とはまったくちがう方角から聞こえてきた。

はっとしてふりかえったレオが、ふるふると首を横にふる。

「いやだ……だめだよ、ルパート。すぐに、もどって。こっちに、この体の中にもどってよ」

ルパートは、ベッドのふちに腰《こし》かけて笑っていた。

「そうしたいのはやまやまなんだけどなー」

ほら、と言いながら、ルパートはベッドから立ち上がると、ソファの背もたれに深く沈《しず》みこんでいる自分自身の体の上に、どさっと腰をおろした。

「わかるだろ？　体はすりぬけちゃうのさ。ソファに座《すわ》ることはできるのに」

ルパートの言うとおりだった。

生きていたときと同じように明るい口調で話しているルパートは、ソファの上で目を閉じているルパートと同じ体勢《たいせい》を取ることはできているものの、一体化していないのだ。

レオは、両目を大きく見開きながら、なおも首を横にふりつづけている。

「ふざけてるだけでしょ……ちゃんとやってみて。お願いだから、ルパート」

ルパートが、こまったように笑いながら天を仰《あお》ぐ。

「ふざけてはいないんだけど……うーん、こまったなあ。レオにそんな顔されちゃうと、決心がにぶるじゃないか」

決心？

おれは、ルパートの横顔に目をやった。

「レオはさ、小さいころから霊が見えてたじゃない？　オレにはどうがんばっても見えなかったけど。でも、たしかにレオには見えてるし、声も聞こえてるんだなあって思うことは何度もあったから、そのことは疑《うたが》ってなかった」

そうだ、ルパート。

おまえはレオの言うことを、そんなばかな話、と笑って聞き流すようなことはしたことがなかった。

なんとかして自分もレオと同じように霊たちのすがたを見ようとしたし、その声を聞こうとしていた。それが、どんなにすごいことかを教えてくれたのは、霊たちだった。

ふつうの人間は、霊が見える人間のことは気味悪がるし、そもそも、そう簡単《かんたん》に信じたりはしないのだと。

だから、ルパートはすごい、と。

口をそろえて、そうほめていた。

「いやー、実際に自分が霊になってみたら、見えること見えること。この墓地、じつはすごくにぎやかだったんだな！」

豪快《ごうかい》に笑うルパートに、レオがほんの少しだけ、表情《ひょうじょう》をゆるめた。

「そうだよ、ここはすごく、にぎやかなんだ」

レオは、ルパートがいるソファのひじかけに、そっと腰かけた。

「ねえ、ルパート」

「うん？」

「さっき言った決心って、なんのこと？」

「あー……うん、それはね」

ルパートは、レオの顔をやさしく見上げて言った。

「オレはさ、レオに伝えることを伝えたら、ちゃんと天に召《め》されようって思って」

レオの顔色が、さっと変わった。

「どうして？　このままここにいればいいじゃないか！　ブラッドやレイラみたいに、ずっとこの世にいつづけたらいい！」

「うん……それもちょっと考えた。だってレオはオレのことが見えるし、声だって聞けるんだから。でもさ、それじゃあレオは、いつまでオレのそばにいればいいの？　大人になってもオレのそばにいるわけ？　そんなの、だめでしょ？」

「いつまでだっているよ！　ルパートがここにいてくれるなら、ぼくはいつまでもここにいる」

「ほら、そうなっちゃうでしょ。それじゃだめなの。レオはこれから大人になって、自分の人生を歩いていかなくちゃいけないんだから」

「だったら！　だったら、せめてぼくが大人になるまではここに……」

「だめなんだ、レオ。自分はもう死人だと気づいたときじゃないと、自分の意志では天に昇《のぼ》れなくなってしまう。どうやらそういうものらしい。死んでみて、はじめてわかったよ。だから、いまなんだ。いま、オレはちゃんと天に召されなくちゃ、いつまでもこの世をさまよいつづけることになってしまう」

レオの表情に、なにかを悟《さと》ったような表情が浮《う》かぶ。

ブラッドやレイラたちがいつまでもこの世をさまよいつづけている理由に、うすうす気づいていたのだろう。

彼《かれ》らは、天に召されなければならないときに、それをこばんだ。だから、いつまで経《た》っても天に昇ることができずにいる。

「よし、レオ。オレのトランクを開けてみてくれ」

ルパートは、部屋のすみに置いてあった茶色い革製《かわせい》のトランクを指差した。

「トランクを?」

「ああ、中のポケットに、レオに渡《わた》したいものが入ってる」

レオは、言われるままに茶色い革製のトランクをソファの横まで引っぱってきて、開けた。

中には、ルパートがどうしても持っておきたくて買った数冊《すうさつ》の本と、わずかな蓄《たくわ》え、それと、いくつかの保証書《ほしょうしょ》や契約書《けいやくしょ》なんかが入っていた。

持ち上げたふたの内側に、ポケットがついている。入っていたのは、小さな布《ぬの》の袋《ふくろ》だった。口をひもでぎゅっとしぼる形をしている。

ひもをゆるめて袋の口を開いたレオは、中から紙切れを取り出した。

「なに？　これ。記号みたいなのが書いてある」

ルパートが、あはっ、と陽気に笑った。

「それは、記号じゃない。レオの国の文字だよ」

「ぼくの……国の？」

「レオの名前が書いてある」

ルパートは、レオの手から紙切れを受け取ると、指差しながら説明をはじめた。

「〈伶央《れお》〉――上に書いてあるほうが、賢《かしこ》い、とか、利口なっていう意味があって、下に書いてあるほうには、真ん中って意味があるらしい。東洋の文化にくわしい知り合いにたのんで調べてもらったから、まちがいないはずだ」

「じゃあ、ぼくは……本当に……」

おれには、レオがなにを言いたいのかわかっていた。

自分の髪や瞳の色が黒いのは、墓場で生まれたからではなく、東のほうにある国の人間だから。ただ、それだけだったってことが、これではっきりしたって言いたいんだ。

おれは、言ってやった。

ああ、そうだって。

だから言っただろうって。

「ははっ、なにを騒《さわ》いでるんだ、バーソロミュー。あれ？　そういえば、おまえにオレのことは見えてるのか？　どうなんだ？　ん？」

見えてるさ。

見えてるとも、おれの相棒《あいぼう》。

おまえのその底ぬけに人のよさそうな目じりのたれた青い目も、笑うと横に大きく開く口も、日に当たるとすぐに赤くなるそばかすだらけの白い肌《はだ》も、みんな、見えているよ。

「ああ、バーソロミュー。おまえとも、もうお別れなんだな。さみしいよ、本当に」

おれもだ。

おれも、さみしいよ、ルパート……。

「あの、ルパート、それって」

おずおずと、レオが紙切れを指差した。

ルパートは、ふ、と我《われ》に返ったような顔をしてから、紙切れをレオの手にもどす。

「レオを見つけたとき、いっしょにあったものだよ。レオは熊の毛皮にくるまってたんだけど、その中に着てた女ものの肌着《はだぎ》のそで口に、くくりつけてあったんだ」

その話は、おれもベティやテッドから聞いていた。

レオの母親は、本当になんの準備《じゅんび》もなく、この《慈愛と慰めの丘》でレオを産んだのだと。

だから、産着《うぶぎ》の用意だってなかった。産まれたばかりのレオは、母親が身につけていたらしい肌着でくるまれて、置き去りにされていたそうだ。

そんな母親が、唯一、レオに残すために準備していたものが、いま、レオの手の中にある小さな布の袋――名前だった、というわけだ。

さすがに、その袋の存在《そんざい》までは、おれは知らなかった。どうしてルパートが、いまのいままで、その袋をレオに渡さずにいたのか、その理由も。

「本当は、もっと早く渡さなくちゃいけなかったんだ。でも、渡せなかった」

話し出したルパートの声が、かすかにこわばっていた。

「ごめんな、レオ……オレは、レオがいなくなるのがこわかった。ひどい話だよな。自分がいやだから、レオをどこにもいかせたくなかった。この袋の中の名前を知ったら、レオはきっと自分の国へ帰りたがるにちがいない。そう思ったから、オレはそれをレオに渡せずにいたんだ……」

ルパート……いつも明るく笑っていたおまえに、そんな薄暗《うすぐら》い感情《かんじょう》があったなんて。

おれは、打ちのめされたような気持ちになりながら、ルパートとレオの顔を交互《こうご》に見やった。

ルパートは天井《てんじょう》を見上げたまま、かすかにのどを震わせている。レオはそんなルパートの顔を、じっと見つめている。

先に口を開いたのは、レオだった。

「うれしいよ、ルパート。そんなふうに思ってくれてたなんて……ぼくはずっと、ルパートはぼくがふらっといなくなっても、ああ、そうか、どこかいきたいところを見つけたのかって思うだけだろうなって思ってたから」

ルパートが、がばっと跳《は》ね起《お》きる。

ソファの手すりに腰かけているレオに向かって、「オレはそんなにできた人間じゃないよ！」とわめくように言った。

「レオのしあわせを願ってはいたけれど、でも、同じくらい、オレのそばからいなくなることをおそれていた……ひどいやつなんだよ、オレは！」

「だから、そう思ってくれてたことが、ぼくはうれしいんだってば」

「でも……」

「それにね、ルパート。ぼくはいま、自分の本当の名前を知って、ほっとしてるんだ。

ああ、ぼくはここにいてもいいんだ、どこかにいってしまわなくてもいいんだって」

「どこかにって……どういうこと？」

レオは、ふふ、とやわらかく笑った。

「近いうち、ぼくはここを出ていくつもりだったんだ」

え？

ここを出ていくつもりだった？

そんな話、聞いてないぞ、レオ！

「落ち着いて、バーソロミュー。いまは、考えてない。ぼくが何者なのか、もうわかったんだから」

レオはまず、おれに向かってそう言うと、ルパートのほうに顔を向け直してから、話をつづけた。

「ぼくの髪や瞳の色が黒いのは、異国の血が流れているから——頭ではわかっていても、でも、ふとしたときに考えてしまう。もしかしたら、墓地で産まれた不吉な子どもの証《あかし》なんじゃないかって」

まだそんなことを考えていたのか！

おれが怒《おこ》り出すと、レオは片手《かたて》を上げて、「聞いて、バーソロミュー」と言った。

「自分でも、ばかなこと考えてるって思ってた。でも、そう考えることをどうしてもやめられなかったんだ」

レオ……。

そんなにも深く、おまえのその黒い髪や黒い瞳はおまえを苦しめていたのか。

「いちばんこわかったのは、ぼくの髪や瞳の色が黒い理由が、もし本当に不吉な子どもの証だったとき、いっしょにいるルパートやバーソロミューに、なにかよくない影響《えいきょう》があるんじゃないかってことだった」

ルパートが、驚《おどろ》いたように目を見開いている。

「そんなことを……考えていたのかい？」

「ぼくのせいでルパートにもしものことがあったらって考えるたびに、早くたしかめなくちゃって思ってた。ぼくは本当は何者なのかを。そのためには、ここを出て、ぼくのことを知っているだれかをさがさなくちゃって、ここのところ、ずっと考えてたんだ」

レオは、自分の手のひらにのせた紙切れに目を落とすと、うれしそうに笑った。

「でも、もうさがさなくてよくなった。ぼくは、〈伶央〉って名前の、ただの捨《す》て子《ご》だった。この国ではうまく暮らすことができなかった女の人が、どうしようもなくなってこの墓地で産み落とした、ただの捨て子。それが、ぼくのすべてだった」

「レオ……」

「どうしてそんな顔するんだよ、ルパート。ぼくは、うれしいんだ。ぼくはもう、自分をさがさなくていいんだから。ぼくはぼくのまま、生きていっていいってことがわかった。だから、これからはもう、この先に起きることにだけ悩《なや》めばいい。そうでしょ?」

「あ、ああ、そうだ。これからは、自分がなにをして生きていきたいか、どんなふうに生きていきたいか、それだけを考えればいいんだ」

「うん。だから、ぼくはこれからも、ここで墓守りの仕事をする」

「え?」

「いまのぼくがいちばんしたいことは、ここでいままでと同じように暮らしていくこと。それだけだから」

「でっ、でもな、レオ! レオはオレとちがって体も丈夫だし、頭もいいし、しっかり者だから、この先、どんなふうにだって……」

「もちろん、いつかちがうことをしたくなったら、そのときはそれをするよ」

「そ……そうか」

「うん。ただ、いまはまだ、このままでいたい。だから、そうする」

「わかった。じゃあ、この《慈愛と慰めの丘》のことは、レオに任《まか》せるよ」

「任せて。しっかりやるから」

「いまのうちに、引《ひ》き継《つ》ぎの書類を書いておくよ。オレも前任者から、その書類をもらって役所に届《とど》けただけだから、レオもそれで引き継げると思う」

ルパートはさっそく、茶色い革のトランクに腕《うで》をのばして書類の束を取り出すと、さらさらとペンでなにかを書いて、最後に自分の名前のサインを残した。

さて、というように、ルパートが立ち上がる。

「そろそろいこうかな」

「えっ……もう？」

「レオに伝えたかったことは、もう全部、伝えたからね。これ以上は、余計《よけい》な滞在《たいざい》になってしまう」

レオはもう、いかないで、と懇願《こんがん》するようなことはしなかった。

それがどれだけルパートを惑《まど》わす行為《こうい》か、レオはもうじゅうぶん、理解《りかい》している。理解した上で、耐《た》えているのだ。

まだほんの子どものくせに……。

「バーソロミュー」

ルパートが、腰を曲げておれの顔の近くまで目線をおろしてくる。

「レオのこと、よろしくたのむな。これからは、レオがおまえのパートナーだ」

言われなくたって、わかってるさ。

「おお、力強い返事だな。よしよし、任せたぞ」

ルパートはおれの首をがしがしと両手でもむように手を動かし、最後に眉間《みけん》の辺りに、やさしくキスをした。

実際には触《ふ》れていなくたって、それはまちがいなく、ルパートからの最後のキスだった。

「じゃあ、いくよ」

曲げていた腰をのばして、ルパートはレオをふりかえった。

「レオ……いっしょにいてくれて、ありがとう。しあわせだった」

そう言って、おおいかぶさるようにレオを抱きしめる動作を見せた。

「お礼を言うのは、ぼくのほうでしょ、ルパート……」

レオの小さな手のひらも、すがりつくようにルパートの背中を抱こうとしたけれど、その手は空をさまようだけだ。

ふたりが抱き合うことは、できなかった。

ルパートが、少し震えているような声で、やさしく言う。

「しあわせになるんだぞ、我《わ》が息子《むすこ》」

ルパートがレオを息子と呼んだのは、これが最初で最後だったはずだ。

レオの顔が、みるみるうちにゆがんでいく。

ルパートは照れくさそうに笑いながら、ふるふると首を横にふった。

「やっと言えた……これでもう、本当に思い残すことはないよ」

レオは両手で顔をおおってしまっている。

そんなレオの頭を、さわれはしないと知っていながら、ルパートは手のひらでそっとなでてやる仕草をした。

それでも顔を上げないレオのおでこに短くキスをしてから、ルパートはきびすを返した。

そのまま扉に向かって歩いていく。

扉が、ぎい、ときしんだ音を立てて開いた。

そのとたん、はじかれたようにレオが顔を上げる。

ルパートは、肩越《かたご》しにちらりとふりかえって、やさしく笑った。

扉が閉《し》まる。

「ルパート！」

転がるように駆《か》け出したレオが、閉まったばかりの扉を開く。
そこにはもう、ルパートのすがたはなかった。
マロニエの林と無数の墓石が作り出す幽玄《ゆうげん》のながめが、ただただ広がっているだけだ。
レオは、声を上げて泣いた。
口を大きく開けて、声をはり上げながら、ただただ泣いた。
そんなふうに泣くレオを見たのは、あとにも先にも、このときだけだ。
胸がはり裂《さ》けそうだった。
そして、心から祈《いの》った。
どうかおれの死ぬときが、少しでも遠い先のことでありますように、と。
おれはもう、知っていた。
犬の寿命《じゅみょう》というものが、人間のそれよりもずっと短いということを。
だから、祈った。
レオがおれを大切だと思ってくれている以上、レオがおれを失う日が、少しでも遠い
いつかのことであってほしい、と。
声を上げて泣くレオのとなりで、おれは祈ったんだ。
ただ、レオのしあわせだけを。

顔を洗い終えたレオがもどってきたので、おれはさっそく、朝食の手ぬきについて説教をはじめた。

「わかったってば、バーソロミュー。あしたはちゃんと作って食べるから」

くつしたをはきながら、レオはすました顔でいつもと同じ返事をする。

窓辺《まどべ》には、ルパートがよくたいていたヴァニラのにおいがするお香がたかれている。

レオは決まって、朝起きるとすぐに、このお香をたく。

朝食を作るのはさぼるくせに、お香をたくのをさぼったことはない。

「さあ、バーソロミュー。見回りにいこう」

朝いちばんの仕事は、広大な墓地全体を回って、不審《ふしん》な人物がいついていないか、墓石にイタズラがされていないかなどを確認《かくにん》することだ。

昼になれば、来訪者《らいほうしゃ》によるさまざまな要望や苦情《くじょう》などにふり回されることになる。

ダズリング・モーニング

なんだかんだと、墓守りの仕事はいそがしいのだ。

窓の向こうが、なにやら騒がしくなった。

「ブラッドかな？」

レオが窓を開けると、右目に黒い眼帯《がんたい》をつけたブラッドが、「よう、レオ、バーソロミュー、おはようさん！」と顔をのぞかせた。

扉を開ければ、そこにはきっと、レイラが待っているはずだ。

いつもと変わらない朝。

レオが自分で選んだこの場所にしか訪《おとず》れない、いつもの朝が、きょうもまたやってきた。

「バーソロミュー、なにをぼけっとしてるの？　いくよ」

さっそうと上着をはおったレオが、扉を開ける。

朝の真っ白い光が部屋いっぱいに差しこんできた。

ダズリング・モーニング――。

あまりのまぶしさに、思わず目を細める。

よし、相棒。いこうか。

たっ、と軽やかに床を蹴《け》り、おれはレオのあとにつづいた。

クランベリー・ナイト

1

もしもだれかに、なぜ殺すのかとたずねられたなら、なぜ生きているのか、とたずね返すだろう。

それくらい、わたしにとって人を殺すことは当たり前のことだった。

人はわたしのような人間を、殺人鬼《さつじんき》、と呼《よ》ぶ。

わたしの犯《おか》した殺人は、翌日《よくじつ》になればすぐに新聞の記事にされ、人々はそれを読み、戦慄《せんりつ》する。

わたしがはじめて人を殺したのは、六歳《さい》のときだった。

いわゆる正当防衛《せいとうぼうえい》だ。

やらなければ、わたしが殺されていた。

あの夜から、わたしの人生は生きるためのものではなく、殺すためのものになったのだ。

わたしの名は、アシュトン・ピット。

人々の信頼厚《しんらいあつ》い、名門大学の教授《きょうじゅ》だ。


「やあ、また会ったね」

いきつけの食堂で、わたしは彼《かれ》に声をかけた。

「ここ、座《すわ》ってもいいかい？」

わたしを見上げている黒い瞳《ひとみ》が、こっくりとうなずく。

彼の向かいの席に腰《こし》をおろし、ウェイトレスを呼んだ。

彼が食べていたのと同じ、チリビーンズとうもろこしのチップスを注文する。それほど腹《はら》はすいていない。この食堂を訪《おとず》れるのは、彼との会話を楽しむためだ。

「教授、少し疲《つか》れた顔をしてますね」

さじですくったチリビーンズを口に運びながら、彼はわたしの顔をちらっと見やった。

少しかすれたように聞こえる声が、彼にはよく似合《にあ》う。

「うん？　そうかね？」

「ええ」

ふむ、と思う。

見ていないようで、よく見ている。

わたしは昨夜、久しぶりに人を殺した。

その疲れが顔に出ていることは、自覚しているつもりだ。

かくすつもりもない。

そんなことはしなくたって、また根をつめて研究論文《ろんぶん》でも書いていたのだろう、とまわりが勝手に勘《かん》ちがいしてくれるからだ。

大学教授のようなおかたい職業《しょくぎょう》は、殺人者にとって最高のかくれ蓑《みの》になる。

青春時代のすべてを勉強に費やし、進学を重ねた自分を心からほめてやりたい。

そのおかげで、わたしは悠々自適《ゆうゆうじてき》な生活を送りながら、殺人を重ねつづけることができているのだから。

自分が望むとおりの人生を手に入れるには、努力が必要なのだ。

わたしはそれをした。

だから、いまのこの人生がある。

「墓守《はかも》りの仕事はどうだい？　きつくはないかい？」

「このごろは、朝が冷えますからね。それが少し、こたえます」

「ああ、それはかわいそうに……」

そう、この少年は、《慈愛《じあい》と慰《なぐさ》めの丘《おか》》の墓守りとして働いている。

十四歳という年齢《ねんれい》にもかかわらず、墓守りのために用意された墓地《ぼち》内のそまつな家に、たったひとりで暮《く》らしながら、働いているのだ。

彼とこの食堂で顔を合わせたのは、きょうで四度目になる。

はじめは、まったくのぐうぜん。二度目は、ほんのわずかな期待を持って。そして、三度目からは、あきらかに彼との会話を求めて、わたしはこの店を訪れている。

そうしたわたしの気持ちの変遷《へんせん》を、彼が知っているのかは、わからない。

彼はつねに淡々《たんたん》と食事をし、淡々とわたしと会話をし、そして、淡々と帰っていく。

そんな彼からはいつも、甘《あま》いヴァニラのにおいがする。

香水《こうすい》ほど強いにおいではない。

ほんのかすかな、残《のこ》り香《が》のようなにおいだ。

不思議と、そのにおいをかぐとほっとする。

「雨がつづくね」

わたしは、肩《かた》の辺りがしっとりとぬれている外套《がいとう》をたたんで、となりの席の背《せ》もたれにかけた。

彼の上着も、となりの席の背もたれに引っかかっている。じつに品質の悪い、安ものだとひと目でわかるしろものだ。

「きみ、明日の午後はなにをしている?」

「午後は、新たに墓の契約《けいやく》をしにくる方々に墓地内を案内する予定になっています」

「何時まで?」

「最後の方の予約の時間が午後三時なので、四時には終わっていると思います」

「ふむ……そうか」

わたしの注文したチリビーンズが、運ばれてきた。

入れかわるように、食事のすんだ彼が席を立つ。

「ああ、きみ」

「はい」

「明日の午後四時半、エターナル・デパートメントの前にきてくれないか?」

上着をはおりながら、彼はいぶかしそうな顔をしている。

「四時半だ。いいね?」

彼はあいまいにうなずいて、店を出ていった。

わたしは貧《まず》しい家の三男坊《さんなんぼう》だった。

養子に出されたのは、運が悪かったとしか言いようがない。

もし、わたしが長男だったら。

せめて、次男だったら。

あのふくよかな肉体を持つ、底ぬけに明るい陽気な母親のもとで、すこやかな子ども時代を過《す》ごすことができたのに。

運の悪いことに、三番目に産まれてきたわたしは、父親の姉夫婦《ふうふ》と養子縁組《えんぐ》みをさせられた。

伯母《おば》はひどくやせ細っていて、いつも自信がなさそうにおどおどしている、仲間のいないぬれネズミのような女性《じょせい》だった。

たいして伯父《おじ》は、かっぷくがよく、声が大きく話し方が粗野《そや》で、わけもなく自分以外の人間を見くだす習性《しゅうせい》のある独裁者《どくさいしゃ》のような男だった。

すでに六歳になっていたわたしは、そんなふたりのことをこれからは本当の両親と思いなさいと言われても、受け入れることなど到底《とうてい》できなかった。

半日も経《た》たないうちに、どうやってこの家から逃《に》げ出すかを考えるようになっていたわたしにとって、伯母の世話はうっとうしいだけだったし、伯父の干渉《かんしょう》は、この上ない迫害《はくがい》でしかなかった。

なにもかもが受け入れがたく、日が暮《く》れるたびに、わたしは泣いた。

決定的だったのは、伯父がわたしと養子縁組みをしたのは、自分が経営《けいえい》している牧場を継《つ》がせるためだったという事実を知ったことだ。

自分で言うのもなんだが、わたしは頭のいい子どもだった。本を読むのがなにより好きだったし、学校の勉強も苦にならなかった。

ゆくゆくは大学まで進み、なにかを研究する人間になる。幼《おさな》いながらも、そんな将来《しょうらい》をうっすらと思い描《えが》いていたほどだ。

そんなわたしを、伯父は牧場で働かせるために自分の養子にした。

罪《つみ》深いのは、伯父だけではない。そうした伯父の考えを知った上で、わたしを養子に出すことを決めた実の両親もまた、あまりに無慈悲《むじひ》だ。

知らないことを知る。わからないことを理解《りかい》する。学ぶことによって新しい学びを生み出す。

そうした行為《こうい》になにより胸《むね》をときめかせる性質《せいしつ》を持っていた子どもに、牛の世話をしながら一生を終えろと言い出した肉親たち。

わたしは呪《のろ》った。

伯父も伯母も、実の両親も、そして、わたしのおかげで、なにひとついやな思いをすることなく生家でぬくぬくと生活しているふたりの兄のことも。

牛の世話に明け暮れる日々がつづく中、わたしの中に、あるひとつの思いが生まれた。

このままでは、殺される！

わたしが生きたいのは、牛の世話をしながら終える一生ではない。本を読み、学び、考えを広げつづける人生だ。

望むように生きられない人生に、なんの意味がある？

わたしには、才能《さいのう》がある。そして、その才能さえあれば、いくらでも未来は輝《かがや》くというのに、身勝手な肉親の決断《けつだん》によって、すべては燃《も》えた灰《はい》になろうとしている。

わたしは決めた。

灰にされる前に、灰にしてやるのだと。

好機はすぐに巡《めぐ》ってきた。

伯父の家でおこなわれる聖誕祭《せいたんさい》の集まりに、わたしの両親およびふたりの兄も、招《まね》かれることになったのだ。

久しぶりの両親との再会も、わたしの荒《すさ》みきった心を癒《い》やすことはなかった。ふたりの兄の親しげな態度《たいど》には、さらに憎《にく》しみを深くしたほどだ。

牧場で働く従業員《じゅうぎょういん》たちが帰り、伯父も伯母も、わたしの家族もすっかり寝入《ねい》ったころ、わたしは迷《まよ》うことなく、リビングに火を放った。

事故をよそおうため、食卓《しょくたく》に残っていたキャンドルをたおし、その辺りを狙《ねら》ってテーブルクロスに火をつけたのは言うまでもない。

わたしはあくまでも、かわいそうな生き残りとして、肉親たちを葬《ほうむ》りさらなければならなかった。

わたしが望んだのは、犯罪者《はんざいしゃ》になることではなく、本来のわたしが歩むはずだった人生を取りもどすことだったのだから。

結果、わたしは無事に、かわいそうな生き残りとなることに成功した。

伯父の自宅《じたく》は一夜のうちに全焼し、伯父も伯母も、わたしの家族も、全員が死んだ。

計画どおり、わたしは児童養護施設《ようごしせつ》に引き取られ、そこで勉強づけの毎日を送ることとなる。

望んだとおりの人生を、わたしは取りもどしたのだ。

途中《とちゅう》、大きな戦争があり、経歴《けいれき》が停滞《ていたい》した時期もあるが、最終的にわたしは教員としての職《しょく》を得ることができたし、出世も早かった。いまでは学内でも高い地位を持ち、じゆうぶんな収入《しゅうにゅう》を手にしている。

よってわたしは、胸をはって言うことができるのだ。

あれは正当防衛だったのだと。

肉親たちがよってたかって奪《うば》おうとしていたわたしの人生を、わたしは、自らの機転で守った。

あの日の放火は、わたしの人生を取りもどすために必要不可欠な行為だったのだ。

ただ、その行為によって、思わぬ副産物がわたしの人生にもたらされたことは、想定外のできごとではあったが——。

2

「やあ、きたね。では、入ろうか」

約束の午後四時半に、果たして彼は、エターナル・デパートメントの前にやってきた。

わたしは笑顔《えがお》で彼を迎《むか》え、そして、やさしい親戚《しんせき》のように彼の背中に手をそえながら、この街でいちばんの高級デパートメントの中に入っていった。

「きみに上着を仕立ててあげようと思ってね」

あたたかみのある黄色い明かりに照らされたまばゆい店内をゆっくりと歩いていきながら、わたしは彼にきょうの逢瀬《おうせ》の目的を話した。

彼は少しばかり驚《おどろ》いたように、その黒い瞳をまたたかせながら、わたしの顔を見上げてくる。

「なぜ、教授がぼくに？」

「わたしがきみくらいの歳《とし》のころ、わたしもきみのように質《しつ》のよくない上着を着ていた。当時のわたしのまわりには、仕立てのいい上着を買い与《あた》えてくれるような大人はいなかったからだ。できることなら、当時のわたしに仕立てのいい上着を与えてやりたい、と思う。だけど、それはもうかなわないことだ。だから、代わりにきみに着てもらいたい。当時のわたしが着ることのかなわなかった仕立てのいい上着を」

一気に説明したわたしに、彼はやはり、黒い瞳をまたたかせている。

一気に説明したのには、理由があった。

きみはみすぼらしい上着を着ているから、お金のあるわたしが仕立てのいい上着を特別にプレゼントしてあげるよ——。

もしわたしがそんなふうに言えば、彼は決してわたしからの申し出を受けることはないだろう。

しかし、わたしの勝手な自己満足《じこまんぞく》につきあってほしい、と言えば、彼はきっと無下にはできない。

そういう計算が、わたしにはあったのだ。

「ぼくは、この上着をとても気に入っているので、新しい上着を仕立てる必要はないのですが……」

「ああ、そうだろう。きみは、そういうつつましい子だとわかっているとも。だから、これはわたしの勝手なわがままだ。二度ともどらない幼いころの自分へのプレゼントを、きみをとおしてかなえたい、という完全なる自己満足だ」

そこまで言って、わたしは足を止めた。

彼の顔をじっと見つめながら、懇願《こんがん》するように告げる。

「わたしに息子《むすこ》はいない。親戚の子どもも、だ。天涯孤独《てんがいこどく》の身だからね。こんなことをたのめるのは、きみしかいないんだ」

彼の黒い瞳が、戸惑《とまど》うようにゆれている。

もうじき彼は、少しかすれたように聞こえる声で、こう答えるだろう。

クランベリー・ナイト

ぼくでよければ、と。

色の薄《うす》い花びらのような彼のくちびるが、わたしの予想したとおりの言葉をつむぎはじめる。

「……ぼくでよければ」

そら、言った。

わたしには、彼の反応が手に取るようにわかる。

彼の反応だけではない。

この世に生きるほとんどすべての人間の反応を、わたしは予想することができる。

わたしが研究しているのは、深層心理学《しんそうしんりがく》と呼ばれているものだ。

人々の心の奥深《おくふか》くに脈々と流れている無自覚の川の流れを、わたしは読み取ることができる。

彼のような生い立ちの少年の考えることなど、すみからすみまでお見通しだった。


彼の上着を仕立てたあと、わたしたちはいつも顔を合わせている食堂ではなく、エターナル・デパートメントと同じ通りにある高級レストランに入った。

やはり彼は、身《み》の丈《たけ》に合わない店に入ることを快《こころよ》く思わなかったようだが、わたしの計算しつくされた説得により、結局は折れた。

　わたしが注文を終えるのを見計らったかのように、向かいの席から彼が話しかけてくる。

「教授」

「なんだね?」

「どうして、ぼくなのですか?」

「どうして、とは?」

「ぼくのような、質の悪い上着を着た身寄《みよ》りのない子どもなら、この街にはいくらでもいます。あなたと同じ、青い瞳の子どもだって選び放題だ」

　彼は暗に、なにもわざわざこんな黒い瞳の子どもをつれて歩かなくてもいいのでは?と問いかけているのだろう。

　たしかに、先ほどまでいた紳士服店《しんしふくてん》でも、いまいるこのレストランでも、見るからに異国《いこく》の人間とわかる彼のすがたはひどく目立つ。店員の目に、好奇《こうき》と嫌悪《けんお》の色が見えかくれしていることは、じゅうぶんにわかっているつもりだ。

　正直に言えば、彼の風貌《ふうぼう》がもう少し目立たないものであってくれたら、という思いがないわけではなかった。

つれて歩くのに、彼の容姿《ようし》はいかんせん、目立ちすぎる。

それでも、彼がよかった。

彼は、墓場《はかば》で産み捨《す》てられた子どもだ。

出生をたずねたわたしに、彼はなんてことのないようにその事実を告げたが、わたしが知る限《かぎ》り、それほど奇怪《きかい》で、不遇《ふぐう》な生まれ方をした人間はいなかった。

生まれ落ちたその瞬間《しゅんかん》から、彼はこの世界に背を向けられていたのだ。

呪わないはずがない。

いまはまだ、そういった類《たぐい》の感情は上手に抑《おさ》えこんでいるようだが、いずれ彼は、この世界を呪い出すだろう。

わたしは、きたるべきそのときがきたら、彼の手助けをしてやりたいと思っている。

だから、いまのうちにわたしは、彼にとって親切な親戚のような存在《そんざい》になっておきたいのだ。

「教授？」

だまりこんでしまったわたしをいぶかしんで、彼が顔をのぞきこんできた。

街灯のない暗い夜道のような瞳が、わたしをじっと見つめている。

他人の注目をむやみに集めるのはたしかに好ましくはないが、この黒い瞳は、悪くない。わたしは好きだ。めずらしい宝石《ほうせき》のようで、美しい、と思う。

なにより、彼は頭がいい。

いっしょにいて、不愉快《ふゆかい》な思いをさせられたことが一度もない。

うちの大学の頭の悪い学生たちとは大ちがいだ。

「……きみは、そうされるだけの価値《かち》がある子だ」

わたしがそう答えると、彼は、黒い瞳をまたたかせた。

どう反応すればいいのかわからないのだろう。

「人の気持ちを動かすのに、瞳の色など関係ない。そうではないかね？」

「……教授は学のある方だから、そのように考えることができるのかもしれません」

「学のない者は、きみにつらく当たる？」

「あ、いえ、そういう意味では……」

「わたしの前でとりつくろうのはやめたまえ。ありのままのきみでいればいい」

彼は、ふ、と息をぬくようにして笑った。

「教授こそ、ぼくの本心を言い当てようとするのはやめてください。いまは、お仕事の時間ではありませんよ」

わたしは、声を出して笑った。

こんな軽妙《けいみょう》なやり取りができる十四歳の少年が、ほかにいるだろうか。

「お、食事がきたようだ。いただこうじゃないか」

ワゴンを押《お》しながら近づいてくる給仕に気がついたわたしは、そう言って彼にほほえんだ。

彼もまた、やわらかくほほえんでいる。

おだやかで、たおやかで、とても心地のいい時間が流れていた。


二度目の殺人を犯したのは、十四歳のときだ。

今度のそれも、正当防衛に近いものではあった。

殺さなければ、わたしは永遠《えいえん》に彼女《かのじょ》にとらわれたままになる。

そんなことになれば、わたしが望む未来は訪れない。そう思ったから、殺した。

同じ施設で育った、ふたつ年上の少女だった。

ふくよかな肉体に、おおらかな性格《せいかく》。

実の母親を思い起こさせる少女であったことに気がついたのは、ずいぶんあとになってからのことだ。

いつしかわたしは、彼女に恋《こい》をするようになっていた。

悩《なや》んだあげくの、告白。

わたしが思いを打ち明けたとき、彼女はこまったように笑って、こう言った。

『あなたのことは、本当の弟だと思っているの。ごめんなさいね。これからも、支え合って生きていきましょう』

弟のように思っているから、恋人《こいびと》にはなれない。

そう言って、彼女はわたしの思いを拒絶《きょぜつ》したのだった。

またただ、と思った。

わたしがもし、養子に出されることなく、実家で暮らしていたなら、彼女とはこんな形で出会わずにすんだはず。

施設に引き取られた子ども同士として出会ってしまったがゆえに、わたしの思いは受け入れられることがなかったのだ。

すべての元凶《げんきょう》は、わたしが養子に出されたことにほかならない。わたしはそう、確信《かくしん》した。

深い絶望《ぜつぼう》が、わたしを襲《おそ》った。

気がふさげばふさぐほど、あいかわらずふくよかで、おおらかで、施設の子どもたちみんなのお母さんのような存在の彼女がまぶしく思え、たまらない気持ちになっていく。彼女が言うように、同じ施設で育った者同士として、一生の絆《きずな》を結ぶことは可能《かのう》だろうと思った。

しかし、それではだめなのだ。わたしは彼女と、恋人同士になりたかった。

彼女はいつか、自分ではないほかの男のものになる。

そう考えただけで、どうかなってしまいそうだった。

あれほど大好きだった勉強にも身が入らなくなり、学校での成績《せいせき》も目に見えて下がっていった。

このままでは、わたしの思い描いていた未来を現実のものにすることはできなくなってしまう。

そう気がついたとき、わたしは二度目の殺人を決意した。

こうなったら、わたしの人生から、彼女に出ていってもらうしかない。

それが、当時のわたしが出した唯一《ゆいいつ》の解決策《かいけつさく》だったのだ。

果たしてわたしの二度目の殺人は、あっさりと成功する。

わたしは彼女の食事にだけ、こっそり水銀を入れつづけた。

数ヶ月かけて彼女は衰弱《すいじゃく》していき、あれほどふくよかな体つきをしていたのに、最後には別人のように痩《や》せこけて死んでいった。

そのすがたはまるで、ぬれネズミのようだった伯母にそっくりで、ぞっとなったのを覚えている。

こんな女のなにがよくて、わたしはあんなにも恋い焦《こ》がれていたのだろう、と思ったほどだ。

もちろん、彼女の死が殺人であったことなど、施設の大人たちは夢にも思わなかったことだろう。それだけ、わたしは用意周到《しゅうとう》に彼女を殺した。

正当防衛に当たるであろう殺人は、ここまでだ。

あとの殺人は、わたしにとって特に重要な意味は持たない。

図書館でたまたま目が合い、なんとなく会釈《えしゃく》をした老婦人《ろうふじん》。

公園のベンチで休んでいたとき、ふと目に入った真面目そうな女学生。

信号待ちのさい、たまたまとなりに立っていた主婦《しゅふ》。

殺そう、と思い立つ理由は、そのときどきでちがっていた。

たとえば、老婦人の場合。

こんなにも腰が曲がってしまって、不自由そうな歩き方をしているこの老婦人が、なぜこれ以上、苦労しながら生きていかなければならないのか。

もういいではないか。

そう思ったから、わたしは彼女を人通りのない路地に言葉たくみに誘《さそ》いこみ、ひっそりと首をしめて殺した。

彼女が死んでも、わたしの人生にはなんの影響《えいきょう》もないにもかかわらず、だ。

気がつけばわたしは、息を吸《す》うように殺人を犯せる人間になっていた。

仕方がない、と思う。

だってわたしは、あの両親の三番目の男の子として生を受けたときから、この世を呪うように仕向けられつづけてきたのだから。

幼少期《ようしょうき》に受けた心身の傷《きず》や痛《いた》みが、その後の人格形成に大きな影響を及《およ》ぼすことは、近年、急速に知られつつある研究成果のひとつだ。

わたしはなるべくして、このような殺人鬼になった。

裁《さば》かれるべきは、わたしではない。わたしにこのような人生を用意した者たちだ。

わたしはこれからも、気が向けば殺人を犯すだろう。

それはもう、わたしの人生の一部となってしまっているのだから、いまさらやめようがない。

六歳のときに手を染《そ》めた、あの限りなく正当防衛に近い殺人が、その後のわたしのすべてを決めてしまったのだ。

人はだれも、用意されていた人生にあらがうことなどできはしない。

この世を呪う人生が、わたしには用意されていた。

ただ、それだけのこと。

それはおそらく、あの墓守りの少年にとっても同じことだ。彼も必ず、わたしと同じような人生を送ることになる。

必ず。

必ず、だ。

3

最近、家の中がひどく寒く感じる。

窓《まど》が開いているのかと思うほどだ。

たしかめてみても、錠《じょう》はきちんとかかっているし、窓にひびが入っていたりもしない。暖房《だんぼう》を強めても、ぶ厚いニットを着こんでも、歯と歯が勝手にかちかちと鳴ってしまうありさまだ。

「なんだってこんなに寒いんだ……」

わたしは、居間《いま》のソファでがたがたと震《ふる》えながら、熱いココアをすすった。

わたしは飲酒はしない。体質的《たいしつてき》に合わないようだ。飲んでうまいと思ったこともない。

ココアの入ったカップをテーブルに置こうとしたとき、ふと、物音を聞いたような気がした。

わたしはひとり暮らしだ。

家の中に、わたし以外の人間はいない。

ソファから立ち上がったわたしは、居間を出て、廊下《ろうか》に出てみた。

当然のように、だれのすがたも見当たらない。

それでもわたしは用心深く、さらに廊下を進み、階段《かいだん》を見上げてみた。

やはりなにも見つけることはできなかったものの、かすかだが、二階でだれかが動き回っているような物音がしているのに気づく。

わたしは足音を忍《しの》ばせながら、階上へと上がった。

二階には、寝室《しんしつ》と客室、それと、書斎《しょさい》として使っている部屋がある。

わたしの足は、自然と書斎に向かった。

扉《とびら》に耳を寄《よ》せ、中の様子をうかがう。物音はしないが、人がいる気配のようなものは感じた。

「だれだ！」

わたしはいきおいよく、扉を開けた。

見慣《みな》れた書斎のながめが視界《しかい》に飛びこんでくる。が、そこに、招かれざる客のすがたは見当たらなかった。

ものかげにひそんでいる様子もなければ、窓も開いていない。

どういうことだ？　と思いながら、わたしは愛用の仕事机《しごとづくえ》に歩みよった。

なにか変わったことはないかとせわしく点検する。

「む？」

すると、開けた覚えのない引き出しが、ほんのわずかだが、開いているのに気がついた。

あわてて引き出しを引いて、中をたしかめる。

大学からの給料明細や、連絡事項《れんらくじこう》が記された用紙の類《たぐい》ばかりで、たいしたものは入っていない。なくなったものもないようだった。

ほっと胸をなで下ろしかけるが、たまたま痕跡《こんせき》が残っていたのがこの引き出しだっただけで、ほかの引き出しが開けられていないということにはならないではないか、と思い直す。

わたしは、鍵《かぎ》のかかった引き出しに目をやった。

そこには、一冊《いっさつ》の手帳が入っている。

わたしの殺人に関する記録がつづられたものだ。

まさか、あれを盗《ぬす》まれたのではあるまいな、と急に不安になってくる。

わたしは急いでいつも持ち歩いている財布《さいふ》を手に取った。小銭《こぜに》入れの中に、引き出しの鍵を入れてあるのだ。

小さな小さなその鍵で解錠《かいじょう》すると、あわただしく引き出しを引く。

果たして、手帳はあった。

わたしが置いたときとまったく同じ位置に、行儀《ぎょうぎ》正しくおさまっている。

あらためて、わたしは部屋の中を見回した。

やはり、だれもいないし、だれかがいたという痕跡も見つけることはできない。

引き出しは、たしかに閉《し》めた。わたしは几帳面《きちょうめん》なので、わずかな閉《し》め忘《わす》れも許《ゆる》せないタチだ。ただし、閉めたつもりで、ほんの少し力が足りていなかった、ということはあるだろう。

わたしはゆるゆると首をふると、手帳の入った引き出しをきちんと閉め、鍵をかけた。もとどおり財布の小銭入れの中に鍵をもどすと、冷凍《れいとう》されたように寒いその部屋をあとにした。

いつもの食堂に向かう途中、

「教授！」

少しかすれたように聞こえる声に、呼び止められた。

ふりかえると、彼がいた。

愛犬といっしょだ。

彼の腰の辺りまで背丈《せたけ》のある大型犬で、ふさふさとした毛は黄金色《こがねいろ》に輝いている。

たしか、バーソロミューという名だったはずだ。

「なんだ、きょうは食堂にはいかないのかね」

犬をつれているということは、そういうことだ。

「きょうは用事があったので、早めにすませてしまいました」

「そうか。きみがいないのなら、別の店にいくとするかな」

わたしがそう言うと、彼は口もとだけで淡《あわ》く笑った。

「ぼくがいてもいなくても、あの店のチリビーンズは最高ですよ」

「ああ、いや、まあ、それはそうだが」

彼の愛犬が、まるで彼を急《せ》かすように、短く吠《ほ》えた。

「じゃあ、教授。また」

軽やかにきびすを返すと、彼は人通りの多い、通称《つうしょう》・銀行通りに向かって歩き出してしまった。

すっかり彼といっしょに食事をするつもりでいたわたしは、ひどくがっかりした気分になった。

胸の中に、重い鉛《なまり》が入ったようだ。

いつもの食堂に向かうのはやめて、あてもなく歩きつづける。

気づいたときには、街の中心部からは遠く離《はな》れた住宅街の中にいた。

わたしがいる歩道とは反対側の歩道に、小さな女の子を見つける。

ふと、殺意が湧《わ》いた。

なぜここで殺意が湧くのかは、わたしにもよくわからない。

わたしが殺人鬼だから？

そういうことにしておこう。

どうせ考えたって、答えは出ない。

わたしは足早に車道を横切ると、薄いピンクのコートを着たその女の子に近づいていった。

「やあ、お嬢《じょう》さん」

あどけない、ふくよかな顔が、わたしを見上げる。

わたしはにっこりと笑って、こうつづけた。

「おじさんはこれから動物園にいくところなんだが、よければお嬢さんもいっしょにどうかな？」

ふくふくとしたほっぺたに、ぱあっと赤味がさす。

わたしが手をさし出すと、彼女はなんの迷いもなくわたしの手のひらをぎゅっとにぎり返してきた。

だれもいない歩道を、わたしは彼女の手を引いて歩き出す。

わたしが彼女をつれ去るところを、見ている人間はひとりもいない。

いつも、そうだ。

わたしが殺人を犯すときだけ、この世界はわたしの味方になる。

住宅街《じゅうたくがい》のはずれにある小さな林に入ると、わたしはすぐに、彼女の首に手をかけた。

彼女はまだ、自分がなにをされるのかわかっていない。あどけない表情《ひょうじょう》でわたしを見つめつづけている。

力を入れようとしたそのときだった。

「教授」

背後からの呼びかけに、全身の毛が逆立《さかだ》ったようになる。

この声は、と思いながら、肩越《かたご》しに顔だけをうしろに向けた。

やはり、彼だ。

先ほどもつれていた愛犬もいっしょにいる。

わたしは、小さな女の子の首から、なるべく不自然でないように、そっと手を離した。

「奇遇《きぐう》ですね、こんなところでお会いするなんて」

彼は、にこにこと笑いながら近づいてくる。

「おや、ご親戚ですか?」

わたしの体のかげにかくれていた小さな女の子の存在に気づいた彼は、腰をかがめてあいさつをした。

「こんにちは」

なにも知らない小さな女の子は、にこっと笑って、恥《は》ずかしそうにわたしのうしろにかくれてしまう。

「あれ? でも、たしか教授は、ご親戚はいないとおっしゃっていたような……」

わたしはすぐに、この場にふさわしい言いわけを思いついた。

「いや、どうも迷子《まいご》らしくてね。役所にでも送り届《とど》けにいこうかと思っていっしょに歩いていたところなんだ」

「ああ、そうでしたか。ならば、ぼくもいっしょに……」

「しかし、きみはなにか用事があってここにいるのでは?」

「もう終わったんです。この住宅街にお住まいの方のところへ忘れものを届けにきただけなので」

こまったな、と思う。

彼についてこられては、本当に役所にいかなくてはならなくなる。

役所で本当のこと——わたしがこの小さな女の子を動物園に誘ったという事実——をうっかりしゃべられでもしたら……。

じわりと背中にいやな汗《あせ》がにじみかけた、ちょうどそこに、

「エレーン！」

若《わか》い女の声が、聞こえてきた。

一心不乱《いっしんふらん》に、エレンという名を呼びつづけている。

わたしと彼は、顔を見合わせた。

「この子の母親かもしれない」

「きっとそうですよ」

彼はわたしよりも先に、声のしているほうに向かって歩き出した。

愛犬が、ついてこい、というように、低くわたしに向かって吠える。生意気な犬だ。

わたしは小さな女の子の手を引いて、彼のあとにつづいた。

辺りをきょろきょろと見回しながら声をはり上げている女のすがたが見える。女は、わたしたちに気がついたとたん、髪《かみ》をふり乱《みだ》しながら駆《か》けよってきた。

「エレン、いやだもう、ここで待っててって言ったじゃない！　どうして勝手にどこかへいったりするのよ！」

飛びついてきた母親が、エレンというらしいその小さな女の子を抱きしめながら泣きわめいている。

されるがままになっていたエレンも、ついに、つられたように泣き出した。

わたしは、やれやれ、というようにわざとらしく肩をすくめると、いこうか、と彼に視線で合図をする。

彼はおとなしくわたしに従《したが》いかけたのだが、エレンの母親がすかさず顔を上げ、「あの!」と声をかけてきた。

「あなたがたは……」

わたしは、いかにも地位のある人物らしい落ち着いた物腰《ものごし》で、彼にしたのと同じ説明を、エレンの母親にもした。

エレンの母親はすぐにわたしを信用し、娘が無事だったのは、あなたが保護《ほご》してくださっていたおかげだと言って、何度もわたしに頭を下げてきた。

まったく、わたしの呪われた人生は、こういうときだけ幸運に満ちている。

わたしはなにごともなく、彼とともにその場から離れることに成功した。

どうやら彼も、わたしのとっさのうそになんの疑《うたが》いも持っていないようだ。

「よかったですね。ちゃんと母親に会わせてあげることができて」

「ああ、本当に」

素知らぬ顔で、わたしも調子を合わせる。

迷子の女の子にも親切な、いついかなるときでも心やさしい教授！

これで彼のわたしへの親愛の情《じょう》はますます増《ま》したことだろう。

不幸中のさいわいとは、まさにこのことだ。

わたしは満足して、ひそかにほくそ笑《え》んだ。

4

まさか、と思う。

こんなことが二度もつづくなんてことがありえるのだろうか。

人がまったく通らない路地裏《ろじうら》に、きょうの殺人の相手として選んだ女を言葉たくみにつれていき、いままさに、首に手をかけようとしていたそのとき、声がかかったのだ。

彼の、少しかすれたように聞こえるあの声が。

教授、と呼びかけてきたその声に、はっとしてわたしが顔をはねあげるのと同時に、女のほうはけげんそうな表情を見せたあと、そそくさとその場から立ち去っていった。おかげで女のほうには、首に手をかけようとしたいいわけをする必要はなくなった。路地の入り口にたたずんだままでいた彼が、申しわけなさそうに言う。

「すみません。おつれの方がいらっしゃったんですね。教授の体にかくれていて見えなかったものですから、気づかずお声をかけてしまいました」

「ああ、いや……知り合いというわけではないのだよ。わたしのすぐ前をひどく具合が悪そうに歩いていたものだから、余計《よけい》なお世話かとも思ったが、心配になってね」

わたしは平静をよそおいながら、彼のいる路地の入り口に向かって歩いていく。街の光を背にしている彼の顔は、黒くぬったように暗い。光を背にしているせいだ。どんな表情をしているのかは、うかがいしれなかった。

近くまでいくと、ようやく彼の表情が見て取れるようになった。いつもと変わらない、すずしげで理知的な顔だ。

わたしのついたうそを信じているとも、信じていないとも判断《はんだん》がつかない。

「きみこそ、こんな遅《おそ》い時間にどうしたんだ。まさか、酒を飲みに出てきたわけでもないだろう?」

クランベリー・ナイト

「じつは、急に頭が痛くなってしまって、薬を買いにきたんです」

「そうだったのか。それで、薬は買えたのかね？」

「いえ、どこも、もう閉まっていて」

「たしかに、この時間ではどこもやっていないだろうな」

わたしは、ごく当たり前の親切心から、彼にこう申し出た。

「うちに鎮痛剤《ちんつうざい》があったはずだ。取りにくるかね？」

「いいんですか？」

「少し、歩くがね」

もちろん、彼を家につれて帰って、殺してしまおうなんて考えはなかった。

彼は、殺さない。

わたしと同じく、呪われた人生を生きている彼は、同志も同然だ。

ほかのだれを殺したって、彼のことは殺さない。

彼の成長は、いまやわたしにとって、なによりのよろこびなのだから。

わたしは、待っている。

いつか彼が、わたしと同じようにこの世界を呪い出し、その気持ちを抑えきれなくなるときを。

胸をはずませながら、いまかいまかと待っている。

鎮痛剤を箱ごと渡《わた》したあと、わたしは彼と居間で、あたためたミルクを飲んだ。

だれかを家に招いて、こんなふうに居間でゆったりとした時間を過ごしたのは、もしかするとこれがはじめてのことかもしれない。

わたしは、ひどく満たされた気分になりながら、いつもはだれもいないソファに座っている彼の横顔を見つめていた。

「教授は、どうして独身をとおされているのですか？」

ふいに、彼からの質問《しつもん》を浴びた。

思いがけない質問だったので、一瞬《いっしゅん》、答えに詰まってしまった。

「あ、すみません。お答えになりたくなければ、別に……」

わたしは、いや、と片手《かたて》を上げ、かまわないよ、と仕草で示した。

「理由などあったかな、と思ってね。それで、言いよどんでしまっただけだ」

「そうでしたか」

「女性がきらいなわけではないんだが、自分の個人的な領域《りょういき》の中に入られるのが、無《む》性《しょう》に我慢《がまん》できないタチでね」

「それでは、だれかといっしょに暮らすのはむずかしいかもしれませんね」

「そう、だから、結果的に独り身でいるはめになってしまった」

わたしたちは顔を見合わせて、笑った。

今度はわたしから、彼に質問をぶつけてみる。

「きみは、学校には通っていないようだね」

「はい。公的な手つづきをすると、この国にいることすらできなくなる可能性もありますから」

「しかし、きみは非常《ひじょう》に理知的だ」

「ぼくを拾って育ててくれたルパートは、大の本好きで、博学な人でした。彼が生きていたころは、学校ごっこ、と称《しょう》して、ふたりで先生と生徒になって一日に数時間ずつ勉強したりもしていたんです」

「つまり、家庭教師のような存在だった？」

「ええ、まさしく。それに……」

「それに？」

「ぼくに勉強を教えてくれたのは、ルパートだけではありません。《慈愛と慰めの丘》

には、さまざまな経歴を持つ、経験豊富《けいけんほうふ》な大人たちがたくさんいましたから」

なるほど、幼い彼は、墓参りに訪れる者たちにとって大きな癒やしになったのだろう。

さぞかしかわいがられたことだろうな、と想像《そうぞう》がつく。

「《慈愛と慰めの丘》に集う者たちすべてが、きみの育ての親、ということか」

「そういうことです」

一時間ほど他愛《たわい》のない話に興《きょう》じたあと、一度お手洗《てあら》いに立った彼は、もう遅いのでそろそろ、と言い、鎮痛剤を手に帰っていった。

名残惜《なごりお》しく思いながらも、わたしは彼を玄関先《げんかんさき》で見送り、ひとりにもどった。

ひとりにもどると、とたんに寒さが気になり出す。

家の中はあいかわらず寒さがひどく、暖房のついた部屋の中でもなお、毛皮のえり巻《ま》きをしたままでいなければならないほどだった。


大学での講義《こうぎ》がすむと、わたしはその日、少し遠い街まででかけることにした。

二度もつづけて、あと少しのところで取りやめざるを得なくなってしまった殺人を、今度こそ確実《かくじつ》になしとげるためだ。

まさかとは思うが、また彼に声をかけられたら——そう考えるだけで、背すじがひやりとなる。

いまはまだ、彼に知られたくはなかった。

温厚《おんこう》で、だれにでも親切で、富《とみ》も名誉《めいよ》も手にしている尊敬《そんけい》すべき人物として、わたしは彼の前に立っていたいのだ。

そして、いざ彼がこの世界を呪い出したとき、はじめて本当の顔を明かし、だいじょうぶだよ、と安心させてやりたい。

こんなわたしでも、こうなのだから、と。

適当なところでバスを降《お》り、わたしはさらにそこから、南に向かって三十分ほど歩いた。

公園を見つけたので、ベンチに座り、少し休憩《きゅうけい》を取ることにする。そこに、十二、三歳と思われる少女が声をかけてきた。

「すみません、あの、この辺りで子猫《こねこ》ちゃんを見ませんでしたか？」

「子猫？　いえ、見かけていませんが」

「そうですか……」

見るからにしょげた様子で立ち去ろうとするその少女を、わたしは呼び止めた。

「あなたの飼《か》い猫なのかな？」

「あ、いえ、このベンチの下に住み着いていた猫ちゃんです。うちは猫を飼っちゃいけないって言われているので、拾ってあげられなくて……ときどき餌《えさ》をやりにきてたんです」

「別のベンチに移ったのかもしれない。いっしょにさがしましょうか」

わたしがそう言うと、少女はぱっと表情を明るくし、はいっ、と元気よく返事をした。

わたしのことを疑う様子など微塵《みじん》も感じられない。

それほどに、わたしが長年かけて築き上げてきた某有名大学の教授という肩書《かたが》きにふさわしい風貌や雰囲気《ふんいき》というものは、人々を安心させるのだ。

「猫ちゃーん、猫ちゃあん、出てきてちょうだーい」

声をかけながら、ベンチの下をのぞいて歩く少女といっしょに、わたしもあちらこちらのものかげをたしかめて歩く。

もちろん、こういうときは本気でさがす。

それでこそ、相手の信頼を得ることができるというものだ。

わたしたちは、少しずつ公園の奥へ奥へと進んだ。

しだいに辺りに木が増《ふ》えていく。

もういいか、と思ったわたしは、ベンチの前でしゃがみこんでいた少女のうしろに回りこむと、えり巻きにうもれたその細い首に両手をのばした。

ふわふわしたえり巻きの毛羽立ちに指が触《ふ》れた瞬間、少女が肩越しにふりかえった。

「……おじさま?」

不思議そうにわたしを見上げている。

わたしはにっこりと笑いながら、だまって彼女の首をしめた。

あとはこのまま、ゆっくりと力を入れていくだけだ……。

「なにをしてるんですか、教授」

え? と思った。

背後から聞こえたその声に、わたしはなすすべもなく硬直《こうちょく》した。

中途半端《ちゅうとはんぱ》なところで力を入れるのをやめたわたしの手の中から、少女があたふたと逃げ出していく。

おそるおそるふりかえったわたしの目に飛びこんできたのは、黒い髪、黒い瞳、そして、わたしが仕立ててあげたものではない、いつもの上着を着た彼のすがただった。

わたしの手から逃《のが》れた少女は、そのまま公園の出口に向かって走っていった。

十中八九、彼女は母親か、もしくは警官《けいかん》をつれてもどってくるだろう。

わたしは彼を無視《むし》して、足早に歩き出した。

一刻《いっこく》も早く、この場から立ち去る必要があったからだ。

彼は、すぐにわたしのとなりにならんできた。

甘いヴァニラのにおいが、かすかに漂《ただよ》う。

いつもならほっとするそのにおいが、なぜかいまは、わたしの全身を総毛立たせる。

「彼女を殺そうとしていましたね？　教授」

彼の迷いのないその確認《かくにん》の言葉に、わたしはひどく動揺《どうよう》した。

まるで彼が、わたしがこれまで犯してきた殺人のすべてを知った上で、その言葉を発しているように聞こえたからだ。

「いや、わたしは、ただ……」

「ぼくは、あなたがあの子の首に手をかけているところを見ました。言いわけは、もうできませんよ」

公園を出ると、わたしはそのまま大きな通りに出た。

運のいいことに、ちょうどバスがやってくる。

わたしはもちろん、バスに乗りこんだ。彼も、ついてくる。

最後部のシートに腰をおろしたわたしのすぐ横に、彼も座った。

クランベリー・ナイト

「きょうで、三人目です。ぼくは少なくとも三回、あなたが人を殺そうとするところに遭遇《そうぐう》しました」

気づいていたのか、とぎくりとなる。

前の二回は、わたしのうそにだまされてくれたと思っていたのに……。

車内には、わたしと彼のほかに乗客はいなかった。

みるみるうちに暗くなっていく車窓《しゃそう》の向こうには、見知らぬ風景が流れている。

「なぜ、殺すのですか？」

彼は、唐突《とうとつ》にその質問を口にした。

わたしは顔を横に向け、まっすぐな視線《しせん》を向けている彼と目を合わせた。

「では、聞こう。きみはなぜ、生きているのだね？」

「理由など、ありません。生まれてきたので、生きています」

「同じことだよ。わたしにだって、殺すことに理由などない。生きているから、殺している。ただそれだけだ」

「生きる理由と殺す理由を、同じことにはできませんよ、教授」

彼の確信に満ちたそのひと言に、わたしはまたしても、動揺してしまった。

冷静に考えれば、ここでわたしは、くすっと笑って、こんなのはすべてうそだ、ただの冗談《じょうだん》だよ、と言うべきだったのだ。

そう言って、わたしが殺人を犯すわけがないじゃないか、と彼を言いくるめなければならなかった。なんとしても。

それなのに、わたしときたら彼のまっすぐな言葉に圧倒《あっとう》されて、言葉を失ってしまったのだった。

人の心をあやつることに長《た》けたこのわたしが、おそらくなんの計算もなく発したであろう彼の言葉に、あらゆる逃げ道を封《ふう》じこめられていた。

彼の黒い瞳が、静かにわたしを追いつめていく。

「あなたのことは、ぼくの家族がくわしく調べてくれました」

「……家族？　きみに家族など……」

彼は、にこっと笑ってみせた。

「ぼくはね、教授。あなたが六歳のときに犯した最初の殺人から、ぼくといつもの食堂で四度目に会った日の前日に犯した殺人まで、すべて知ってるんです」

わたしには、彼の言っていることがよくわからなかった。

彼に家族などいないはずだし、いたとしても、わたしの過去《かこ》の殺人を調べる術《すべ》などないはずだ。

しかし、現に彼は、わたしの最初の殺人が六歳のときにおこなわれたということを知っていた。

彼にはもちろん、ほかのだれにも明かしたことのないそれを、果たして彼は、どのようにして知ったというのだろう。

「残念です、教授。あなたはとてもすばらしい人なのに、まちがった土台の上にその人生を築《きず》き上げてしまっている……」

彼は、ふ、とわたしから視線をそらすと、流れゆく車窓のながめをさみしそうに見やった。

彼の表情がなにを物語っているのか、わたしには理解ができなかった。

なぜいまここで、彼がそんなふうにさみしそうな顔をするのか。

そして、人生のほとんどを殺人とともに生きてきた人間だということを知った上で、なぜこうも落ち着いてわたしのとなりに座っていることができるのか。

彼は、わたしの理解の範疇《はんちゅう》を越《こ》えていた。

この場面ならこう発言するはずで、そのときはこんな表情をし、こんな口調で話すにちがいない――そういったわたしの予想を、まるで裏切《うらぎ》る言動ばかりする。

わたしの知っていた彼とは、まるきり別の顔を持つ少年が、目の前にあらわれたような気分だった。

ふいに、彼が腰を上げる。

減速《げんそく》をはじめていたバスが、止まった。

「あなたの秘密《ひみつ》がかくされている場所は、ぼくの家族がつきとめてくれました」

そう言いながら、うしろ向きに通路を歩いていく。

「書斎にある仕事机の、鍵のついた引き出しの中——鍵は、財布の小銭入れの中に入れてある……ですよね?」

そして、彼は最後にそう言い残すと、するりとバスから降りていってしまった。

あわててあとを追おうとするわたしの目の前で扉は閉《と》ざされ、バスは発車してしまった。

なすすべもなく、遠ざかっていく彼を見つめる。

彼はやはり少しさみしそうに笑いながら、わたしのほうを見ていた。

5

引き出しの中に、手帳はなかった。

血の気が引くとは、まさにこのことだ。

わたしは足もとをふらつかせながら、自宅を飛び出した。

彼の家族とやらが、いったいどのようにしてわたしの手帳の在《あ》り処《か》を知ったのかは、わからない。ただ、彼が手帳を持ち出したのがいつだったのかは、わかる。

鎮痛剤を取りにうちにきたときだ。

あのとき彼は、一度、お手洗いに立っている。わたしは居間にいたし、もし彼がお手洗いにはいかずにこっそり二階へ上がり、素早《すばや》く手帳を持ち出したとしても、わからなかったはずだ。

外套もはおらず家を飛び出したわたしは、《慈愛と慰めの丘》へと急いだ。

一刻も早く、あれを取りもどさなければならない。

あの手帳には、六歳のときからはじまったわたしの殺人の記録が詳細《しょうさい》につづられている。

日付も、場所も、わたしの前後の行動も、なにもかもだ。わたしの呪われた人生のほとんどすべてが、あそこに記されている。

ひとつひとつ照らし合わせていけば、未解決の殺人事件との関連は一目瞭然《いちもくりょうぜん》、というしろものだった。

万が一にも、あの手帳が警察《けいさつ》の手に渡りでもしたら、わたしがこれまで犯してきた殺人の数々は、白日のもとにさらされることになるだろう。

そうなれば、わたしの理想的ないまの暮らしはあとかたもなくなる。富も名誉も、気まぐれに犯す殺人の自由も、なにもかも奪われて、みじめな囚人《しゅうじん》に身を落とすのだ。

なんとしてでも、彼からあの手帳を取り返さなければならなかった。

わたしの人生を守るために。

そのためなら、ああ、そうだ、そのためならわたしは彼を――。

広大な墓地のほぼ中心に、彼の暮らす小さな家はあった。

色のぬけたレンガ造《づく》りの平屋だ。

彼はここで、ひとりで暮らしているはずだった。いっしょにいるのは、愛犬だけ。

もしかすると、彼は愛犬のことを家族と呼んでいるのだろうか。

しかし、犬は人間の過去を調べることなどできはしない。

だとすると、いったいだれが、わたしの過去を調べ、さらにはわたしの手帳の在《あ》り処《か》を彼に教えたというのだろう。

そんなことを考えながら、わたしは彼の家の前に立った。

ノックしようとこぶしをかためた瞬間、なぜだか勝手に扉が開いた。ぎょっとして、思わずあとずさる。

扉の向こうにいたのは、彼だった。

「いらっしゃいましたね、教授」

そう言って、にっこりと笑う。

彼は扉を大きく押しやり、わたしを家の中へと招き入れた。

はじめて見る彼の家は、整然としていた。とても十四歳の少年がひとりで暮らしている部屋とは思えない。室内を楽しげに飾《かざ》るようなものはひとつとしてなく、ベッドであったり、ソファであったり、生活に必要なものだけが置かれている。

「これを、さがしにいらしたんですよね？」

彼は、黒いくるぶし丈のズボンのポケットから、わたしの手帳を取り出してみせた。

わたしは、こく、とうなずく。

彼はベッドのふちに腰をおろし、わたしには、ソファに座るよう目線でうながした。

彼の指示に従い、ソファに腰かける。

「悪い子だ……人のものを勝手に持ち出すなんて」

わたしがそう切り出すと、彼は素直《すなお》にあやまった。

「すみません。でも、こうでもしないと、あなたとちゃんとお話しすることはできないと思ったものですから」

黒くぬれた宝石のような彼の黒い瞳は、またたきもせずにわたしの顔を見つめている。

ひどく居心地《いごこち》が悪く、わたしはつい、視線を自分の手もとに落とした。

彼の視線から逃れると、少し気が楽になった。

「わたしと、なにを話したい？」

「あなたに、知っておいてもらいたいことがあるんです」

「……知っておいてもらいたいこと？」

まただ。

彼はまた、わたしの予想していないことを言い出した。

ここは、彼がわたしを責《せ》め立てるところではないのか？

どうして罪もない人を次々と殺したりしたのですか、と。

最初と二度目の殺人はともかく、あとの殺人はすべて、わたしの気まぐれによっておこなわれたものばかりなのだ。

彼がわたしを責めるとしたら、そこだと思った。

それなのに、彼は言う。

わたしに知っておいてもらいたいことがあるのだと。

わたしは、真っ暗な迷路《めいろ》の中に迷いこんだような気分で顔を上げ、彼の目に視線をもどした。

黒い瞳は、まっすぐにわたしを見ている。

「あなたの最初の殺人――三十六年前の聖誕祭の夜のことを、覚えている女性がいたんです」

「……え？」

「あなたは、家族が寝入ったあと、テーブルクロスに火をつけましたね。そして、自分ひとりだけ、家の外へと逃げた。そのあとのことを、あなたは知っていますか？」

そのあとのこと?

彼がなにを言おうとしているのかさっぱりわからない。わからないながらも、わたしはゆるゆると首を横にふった。

火をつけ、ひとり家の外に逃れたあとのことは、当然ながら知らなかったからだ。

まさか、彼はそれを知っているというのか?

「アニーさんという女性だそうです。ぼくの家族が、あちこち飛び回って、ようやく見つけ出してくれた唯一の目撃者《もくげきしゃ》です。彼女は、あなたがテーブルクロスに火をつけるすがたを窓の外から見ていた。そして、自分ひとりで逃げ出すところも。驚いた彼女は、あわてて家の中の様子を見にいったそうです」

あの寒い夜に、窓の外に女性がひとりで立っていた?

火の手が上がった家の中に、様子を見に入っていった?

彼の話には、首をかしげたくなる箇所《かしょ》がいくつもあったが、先を知りたい一心で、わたしは余計な口をはさまなかった。

彼は、つづけた。

「まず、あなたの実のお父さんと、養父に当たる伯父さんですが、おふたりは、深酒の影響でまったく目を覚ますことなく、窒息死《ちっそくし》されたとのことです。それから、あなたのふたりのお兄さんと、実のお母さん。この三人は、階下からの煙《けむり》のにおいで目を覚まして、燃えさかる火の海の中から、なんとかして逃げ出そうとされていたそうです」

そうだったのか、と思う。

よりによって、わたしの人生を狂わせた張本人《ちょうほんにん》である伯父と、そして、わたしをその伯父に売り渡した父が、そんな楽な死に方をしていたとは知らなかった。

残念なことだ。

「あなたのお母さんと、ふたりのお兄さんは、煙に気づいたとき、すぐに階下に降りて、家の外に逃げ出していれば、もしかしたら助かったかもしれないそうです。でも、三人は、そうしなかった。なぜだかわかりますか?」

わかるわけがない。

わたしは首を横にふった。

彼の、小さな深呼吸《しんこきゅう》。

「ひとりだけすがたの見えないあなたを、さがしていたそうです。二階にあるすべての部屋を見て回っているうちに、火のいきおいが強くなって、結局、逃げ場を失ってしまった……」

まさか、と思う。

母も、ふたりの兄も、あんなにあっさりとわたしを伯母夫婦のもとへと送り出したではないか。

命の危険《きけん》にさらされながら、わたしのすがたをさがし求めるなんて、そんなこと……。

「うそだ！　そんなのは、きみが適当に作り上げたでっちあげだ！」

「いいえ、うそでもでっちあげでもありません。アニーさんが、すべて見ていたんです」

「どうやってそんな、火の海になっていた家の中の様子をのぞき見たと言うんだね！　絶対に不可能だ！　どうやったって、のぞき見ることなどできたはずがない！」

「アニーさんには、可能だったんです」

彼の黒い瞳に、ぬらりと白い光が入った。

「なぜなら、アニーさんはいまも、三十六年前の聖誕祭の夜も、変わらず死者でありつづけているのですから」

死者。

彼の口からその言葉が出たとたん、わたしは急速に理解をした。

アニーという女が、三十六年前の聖誕祭の夜にどうやって伯父の家に入りこみ、すべてを目撃したのか。

「アニーさんが目撃したのは、それだけではありません。彼女は、あなたの伯母さんの見開いた目のまま彼を見つめるわたしに、彼は慈悲《じひ》を感じさせるまなざしを向けた。

「最期《さいご》も見届《みとど》けているんです」

……伯母の最期も？

そして、告げたのだ。

わたしが知る由もなかった、あの聖誕祭の夜のできごとを。

「あなたの伯母さんは、真っ先にあなたの部屋へ向かいました。あなたのすがたが見当たらないことに焦《あせ》った伯母さんは、次にお手洗いにさがしにいきます。やはり、あなたはいなかった。そのとき、あなたの伯母さんは、こうつぶやいたそうです」

彼の声によって、伯母の最期の言葉が再現された。

「『よかった、あの子はちゃんと、この家から逃げ出すことができたんだわ……』」

アニーが聞いたのと、そっくり同じに、彼は言ったのだろう。

それは、伯母の口調そのものだった。

伯母はたしかに、そうつぶやいたのだ。

きっと、なにもかも悟《さと》った上で。

わたしは、ソファからずり落ちながら、うぐう、とうめいた。

体中から力がぬけ、そのまま床《ゆか》の上に突《つ》っぷしてしまう。

それほどまでに、アニーが目撃していたあの聖誕祭の夜の真実は、わたしを打ちのめしていた。

いまのいままで、わたしは母も兄たちも、伯母も、わけもわからずただ焼け死んだだけだろうと思っていたのだ。

まさか、母が、兄たちが、そして、伯母が、わたしの身を案じながら火に焼かれて死んでいっただなんて――。

「信じられるものか、そんな話……きみがわたしに、罪の意識を持たせるためにでっちあげた話なんだろう？　ああ、そうだ、そうに決まってる……」

わたしは、床の上でぶつぶつとしゃべりつづけていた。

そうしていないと、自分がどうかなってしまいそうだったからだ。

だけど、本当はもう、わかっていた。

彼の話したことにいつわりなどひとつもなく、すべてが真実だということは。

認《みと》めなくてはならなかった。

わたしの最初の殺人が、正当防衛などではなかったことを……。

呪ったりさえしなければ。

そうだ。わたしがわたしの人生を呪ったりせず、伯父の牧場で働きながらでも、こつこつと勉強をつづけていたなら。

わたしは頭のいい子どもだったのだから、いくらでもレベルの高い学校に進むことはできただろう。その延長線上《えんちょうせんじょう》に、牧場を継ぐ以外の未来があったかもしれない。

なぜ、そのように考えることができなかったのか。

呪ったからだ。

わたしが自ら、わたしの人生に呪いをかけたのだ。

本当は母も、わたしを手放したくなんかなかったのではないだろうか、と考えてみることもせずに。

ふたりの兄だって、申しわけなく思っていたのかもしれない。父も、苦渋《くじゅう》の決断だったのかもしれない。伯父は伯父で、妻《つま》の弟に当たる人物の大事な息子を譲《ゆず》り受けた責任から、あれほどわたしに厳《きび》しかったのかもしれない。

伯母は、わたしを不憫《ふびん》に思いながらも、実の親子のように仲よく暮らせたら、と望んでくれていたのかもしれない。

なにひとつ、当時のわたしが考えなかったことだ。

当時のわたしには、想像力というものがなかった、としか言いようがない。

両親や兄たち、伯母夫婦にも自分と同じように、悲しみやさみしさ、やりきれなさがあるのだということに、気づきもしなかった。

わたしの人生は、最初から呪われていたわけではなかったのだ。

わたしが自ら呪い出したとき、はじめてこの世界は変容《へんよう》をはじめた。

いまとなっては、取り返しがつかないほど長い時間、わたしがいる世界はそのすがたを変えつづけてしまった。

ああ、そうだ。

取り返しは、もうつかない……。

わたしは、床に突っぷしていた上半身を起こした。

彼はベッドのふちに腰かけたまま、静かなまなざしをわたしに向けつづけている。

夢遊病者《むゆうびょうしゃ》のように立ち上がったわたしは、そのままふらふらと彼に近づいていき、彼のその細くて白い首に手をかけた。

「きみが言うとおりだよ、レオ……わたしは、土台作りに失敗している。どれだけ立派《りっぱ》な建物を建てたって、土台がめちゃくちゃなら、その家はいつか崩壊《ほうかい》する。そうだろう？」

彼は抵抗《ていこう》することもなく、わたしの手の中でおとなしくしている。

「とはいえ、そのいつかは、いまじゃない。わたしはこれから、きみを殺し、きみが持ち出した手帳を持ち帰る。そして、なにごともなかったように、明日《あした》はまた、大学へと出勤《しゅっきん》するんだ」

黒い瞳が、わたしを見ている。

「いずれは崩壊するのだとしても、それが明日でなければいい。わたしはそうやって生きてきた。呪われた人生とは、そうやって作られるものなのだよ……」

「教授……そういう人生を、いま、たったいま、終わらせることだってできるんですよ？」

「……どうやって？」

「ぼくの首から、そっと手を離せばいいんです。そして、手帳を持って警察署《けいさつしょ》に出向けばいい。あなたがくり返し手帳につづっていた、あなたの呪われた人生はそれで終わります。そして、まったく新しい人生がはじまるんです」

「まったく新しい……人生」

「もう二度と、気まぐれに人を殺すことのない人生です。あなたが六歳のころから生きてきた人生とは、まったく種類の異《こと》なる人生を、あなたはまだ、生き直すことができる」

「刑務所《けいむしょ》の中で？」

「場所など、重要ではないのではありませんか？」

呪われた人生か、呪われていない人生か。

ふたつにひとつの選択《せんたく》なら、たしかにそう、場所などさほど重要ではないのだろう。

要は、魂《たましい》の問題だ。

彼がしているのは、そういう話だった。

「せめてあと十年……いや、わたしがまだ、きみと同じくらいの歳のころに、きみと出会っていたかったよ、レオ。そうすればきっと、わたしは迷わず、きみの提言《ていげん》を受け入れることができただろう……」

わたしはもう、あまりに長くこの呪われた人生を生きてしまった。

遅すぎたんだよ、レオ。

わたしたちは、出会うのが遅すぎたんだ。

「残念だ、きみの成長を見ることができなくなるのは……」

わたしはゆっくりと、彼の首をしめる手に力を入れていった。

彼が少し、もがくような動作を見せる。

苦しそうに眉根《まゆね》が寄り、黒い瞳の表面に涙《なみだ》の膜《まく》がはった。

もうじき彼の心臓《しんぞう》は、その機能《きのう》を停止させるだろう。

そのときが、彼とのお別れのときだ。

悲しくて、せつなくて、涙が出そうになる。

涙ぐみながら、彼の首をさらに強くしめようとした、そのときだった。

突然《とつぜん》、窓がいきおいよく開いた。びゅおっと強い風が吹《ふ》きこんでくる。窓の向こうには、真っ暗な墓地が広がるばかりで、だれのすがたも見当たらない。

なにが起きたのか、わたしにはさっぱりわからなかった。

つづけて玄関の扉がばたんと開き、今度はそこに、彼の愛犬が猛然《もうぜん》と駆けこんできた。

驚いたことに、警官をつれている。

いったいどうやって犬が警官を、と一瞬は驚いたものの、わたしはすぐに、納得《なっとく》した。

わたしの家に忍びこみ、勝手に引き出しを開けるようなまねまでしてみせた霊《れい》たちのことだ。助けを求める内容のメモでも書いて、犬に届けさせたのかもしれない、と。

部屋の中に飛びこんできた警官は、ベッドの上に押したおすようにしながら彼の首をしめていたわたしを見て、あっ、と息をのんだ。

予想外のできごとに、すぐには体が動かなかったようだが、黄金色の毛をふさふさとさせている大型犬に吠え立てられて、はっと我《われ》に返ったようになる。

「うっ、動くな！」

そして、そうさけぶやいなや、わたしに飛びかかってきた。

わたしは必死にあらがって、どうにか警官の手をふりほどくことに成功した。

開いたままだった扉から、外に飛び出す。

わたしは、真っ暗な墓地の中を無我夢中《むがむちゅう》で走った。

「待てーっ」

警官がさけびながら追ってくる。

つかまりたくない一心で、わたしは走りつづけた。呪われた人生を生きている人間というのは、いま、逃げ切れたらそれでいいのだ。そのあとのことは、そのときなんとかすればいいと思っている。

空が、赤紫《あかむらさき》に見えた。

見上げた月が、赤かった。

星の少ない空が、赤い月に照らされてクランベリーのような赤紫に染まっている。

この夜を乗り切れさえすれば、わたしはこれまでどおり、有名大学の教授という地位を維持《いじ》したまま、気まぐれな殺人を楽しむ人生をつづけていくことができるはずだ。

わたしは、逃げた。

とにかく、いま、つかまりさえしなければそれでいい、と思いながら。

わたしはやがて、墓石も途絶《とだ》えたその先、ひっそりとした林の奥にある崖《がけ》っぷちにいきあたった。

これより先には、どうしたって進むことができない、という場所だ。

どうする？

ここから飛び降《お》りれば、命はないだろう。

飛び降りなければ、警官につかまり、すべてを失うことになる。

わたしは迷うことなく選んだ。

飛び降りるほうを。

すべてを失うくらいなら、いっそここで、わたしの呪われた人生を終わらせるほうがまだましだ。

そう思ったとき、わたしの頭の中に、彼がした魂の話がよみがえってきた。

呪われた人生か。

呪われていない人生か。

いま、ここから飛び降りれば、わたしは呪われた人生だけを生き、そして、死んでいくことになる。

飛び降りなければ？

すべてを失いはするが、少なくとも、呪われていない人生がどういうものなのか、知ることはできる。

「待て！　やめろ、飛び降りるんじゃない！」

ようやく追いついた警官が、息を切らしながらわめき立てている。

クランベリーのジュースのような赤紫色の空の下、わたしは、ふ、と息をぬくようにして笑った。

「……そんなにわめかなくたって、飛び降りたりしないよ」

両手を頭のうしろで組むと、わたしはゆっくりと体の向きを変え、切り立った崖に背中を向けた。

✦

「やあ、レオ。またきたのかい？」

「こんにちは、リチャードさん。きょうもよろしくお願いします」

「よくつづくなあ。こわくないのかい？　あんな連続殺人鬼との面会なんて」

「いまのあの人はもう、殺人鬼だったころとはまるで別の人生を生きていますから」

「ふうん？　まあ、よくよく用心して会うんだよ」

看守《かんしゅ》のリチャードは、規則《きそく》にのっとったやり方で特別収監室《しゅうかんしつ》の鍵を開けると、少年を中に入れた。

リチャードから、特別収監室内の別の看守に案内を引き継がれた少年は、おそれる様子もなく、長い廊下を歩き出す。

リチャードは軽く肩をすくめ、「たいしたもんだ」とつぶやくと、書きかけだった日《にっ》誌《し》へと視線をもどした。


静まり返った特別収監室には、ひとり分の檻《おり》がぽつんと置かれ、そのまわりには、じゅうぶんな空間が取られている。空間の四隅《よすみ》にはそれぞれ看守が立ち、檻は完全な監視《かんし》のもとにあった。

かつては有名大学の教授という肩書きを持ち、いまは、史上最悪の殺人鬼の呼び名で知られるアシュトン・ピットは、この檻の中にいた。

アシュトンに面会にくるのは、深層心理学の研究者たちか、犯罪心理に関する助言を求める捜査官《そうさかん》たち、あとは、この黒い髪に黒い瞳を持つ少年だけだった。

「やあ、またきてくれたんだね」

「こんにちは、教授。約束していた絵本、持ってきましたよ。検査《けんさ》がすめば、こちらに届くはずです」

「いつもありがとう。本当に、きみには感謝《かんしゃ》しているよ」

アシュトンは、おだやかな笑みを浮《う》かべながら、檻の向こうにいる少年に謝意《しゃい》を述《の》べた。

それは、心からの感謝の言葉だった。

アシュトンはいま、真新しい人生を生きている。

夜になれば罪の意識《いしき》と後悔《こうかい》の念でのたうちまわり、一睡《いっすい》もできない日々を過ごしながらも、アシュトンの中に、逮捕《たいほ》のきっかけとなった少年をうらむ気持ちはなかった。

どうしてあのとき、こんなふうに考えることができなかったんだろう、と過ぎた日を思うたび、アシュトンの心身は業火《ごうか》に焼かれ、息も絶え絶《たえだ》えになるのだが、そうしてのたうちまわることすら、いまのアシュトンにとっては、かけがえのない歩みのひとつだった。

ただひたすらにこの世界を呪いつづけてきたアシュトンにとって、呪われていない人生を生きるということは、あまりに過酷《かこく》なものだった。

この世界は呪われてなんかいない、それどころか、こんなにも慈悲深く、果てのないものだったのだと思い知るたび、自分がこれまでしてきたことのおろかさ、おぞましさが浮かび上がってくる。

アシュトンにとって、呪われていない人生を生きるということは、呪われた人生を生きる以上につらく、けわしいものだった。

それでも、思うのだ。

わたしが生きているこの世界はすばらしい、と。

「……きみの家族は、変わりないかね」

「ええ、変わりはないです」

少年の家族は、《慈愛と慰めの丘》に集いし者たちだ。

彼らはつねに、少年を見守っている。

おかげでアシュトンは、彼を殺さずにすんだ。

死者であっても、生者を守ることはできるのだ。

それほどまでに、人の思いというものは強く、尊《とうと》い。

アシュトンは、少年にあやまりたかった。

かつて、この少年も必ず自分と同じようになるはずだとかたくなに思いこんでいたことを。

ろくな出自ではない者には、ろくでもない人生しか与えられないのだと信じ切っていたかつての自分。

なんとおろかだったことか。

少年は、愛されて育った。

捨て子だった少年を拾って育てたルパートという青年はもちろんのこと、《慈愛と慰めの丘》に集いし者たちにも、愛犬のバーソロミューにも。

そして、彼はちゃんとそれを理解していた。

自分は愛されているのだと。

そんな彼が、呪われた人生を生きるはずなどなかった。

自分は、とんだ見こみちがいをしていたのだと、アシュトンはいまになって思う。

「すまなかった……本当に」

つぶやくように言ったアシュトンの声は、檻からは離れた場所に固定されている椅子《いす》に腰かけている少年の耳には届かなかったようだ。

「では、教授。またきますね」

少年は軽やかに椅子から立ち上がると、アシュトンに向かって小さく手をふった。

アシュトンも、ふり返す。

あと何度、この少年に会うことができるだろう。

裁判がはじまれば、まちがいなくアシュトンには死刑《しけい》が申し渡されることになる。

アシュトンに残された時間は、それほど長いものではないはずだ。

「レオ」

アシュトンは、少年を呼び止めた。

「はい？」

ふりかえった少年に、アシュトンは心をこめてこう言った。

「きみは、だいじょうぶだ」

ただそれだけの言葉に、少年はすべてを読み取ったかのように、深くうなずいてみせた。

「ええ、ぼくは、だいじょうぶです」

アシュトンと少年は、しばらく目を合わせたままでいた。

目と目で、語り合った。

「そろそろ時間だ」

看守が少年に、外へ出るよう、うながす。
アシュトンは、ひどく満たされた気分で、彼のうしろすがたを見送った。
アシュトン自身も気づかないうちに、そのほおにはひとすじの涙が流れていた。